依据国家教育部和中央电视台

联合主办的《开学第一课》活动

·········· "我的梦，中国梦" 主题拓展原创版 ··········

梦想到达的地方

中央电视台《开学第一课》编写组 编

时代文艺出版社

图书在版编目（CIP）数据

梦想到达的地方／中央电视台《开学第一课》编写组编.—2版.
—长春：时代文艺出版社，2016.1（2023.7重印）
（开学第一课）
ISBN 978-7-5387-4928-1

I.①梦… Ⅱ.①中… Ⅲ.①中国文学—当代文学—作品综合集 Ⅳ.①I217.1

中国版本图书馆CIP数据核字（2015）第257172号

出 品 人　陈　琛
责任编辑　徐　薇
装帧设计　孙　利
排版制作　隋淑凤

梦想到达的地方

中央电视台《开学第一课》编写组 编

出版发行／时代文艺出版社
地址／长春市福祉大路5788号　龙腾国际大厦A座15层　邮编／130118
总编办／0431-81629751　发行部／0431-81629755
官方微博／weibo.com/tlapress　天猫旗舰店／sdwycbsgf.tmall.com
印刷／北京市一鑫印务有限公司
开本／710mm×1000mm　1/16　字数／120千字　印张／12
版次／2016年1月第2版　印次／2023年7月第3次印刷　定价／36.00元

图书如有印装错误　请寄回印厂调换

《开学第一课》编委会

编委会主任：韩　青　许文广

主　编：许文广

副主编：卢小波

编　委：张雪梅　骆幼伟　张　燕　吴继红

　　　　刘翠玲　柏建华　孙硕夫　高　亮

　　　　夏野虹　钟　平　宋怡明　商元博

　　　　邓淑杰　李天卿　曾艳纯　郜玉乐

　　　　孟　婧

《开学第一课》的价值

有人问我，《开学第一课》的价值体现在什么地方？我认为最重要的就是全社会希望并通过我们传递出来的价值观。多元是时代进步的标志，我们尊重不同的声音和价值理念，但是作为教育部和中央电视台联手举办的一项公益活动，我们要传递的是主流的、与时俱进又符合中华文明传统的价值观。

在2008年，我们通过《开学第一课》传递了抗震精神和奥运精神；2009年正值新中国60周年华诞，我们在象征着民族精神的长城，为孩子们播撒下爱的种子；2010年，我们告诉孩子们，一个拥有梦想的民族，一个不断仰望星空的民族，就是拥有未来的民族，人生的每一个阶段都需要梦想的指引、坚持和探索，而每个人的梦想汇集起来就可能成为国家的梦想、民族的梦想。

举办《开学第一课》三年来，我个人也有一个梦想，我梦想这项目光远大、朝气蓬勃的公益活动能够坚持举办十年，让它给这一代孩子的成长提供正面的、积极向上的力量，这就是《开学第一课》的意义所在。

我希望全社会的力量汇集起来，给孩子们一种价值观的教育，中央电视台愿意承担使命，连同教育部把这项公益活动做好。我们也欢迎全社会各界积极参与、支持，从出版、纸媒、网络、志愿行动、慈善事业等各个方面，加入到这个追逐共同梦想、打造恒久价值的公益活动中来。

由此，我亦十分高兴地看到《开学第一课》系列丛书的出版，我相信时代文艺出版社正是基于我们共同的理想，以出版的力量为孩子们的未来创造了更丰富的阅读食粮，为《开学第一课》的精神理念提供了更多样的传递方式。

中央电视台 许文广

目 录

001

第四部分 幸福的哲学

002

第五部分 掌心里的糖

第一部分

有依靠很温暖

　　我们都是痴迷于"高山流水"的孩子，甚至幻想几千年前就曾认识，只是我们究竟谁是钟子期，谁是俞伯牙呢？你我至今都没有弄清楚，因为清楚与否都已不再重要。因为我们是最好的朋友。

　　我们都希望一直带着自己的棱角骄傲地活着，像林黛玉一样，即使是要失去生命也要带着自己的骄傲离开。那么，就让我们一直自我下去，骄傲下去。

　　　　　　　　　　　　——盲鱼《两个人一起孤单不叫孤单》

314°星，属于我们的

浅浅的伤

初二了。

还有多少时间给我们挥霍呢？

那些灰了一大片的头像，大概都在拼命地学习吧。

当然，你也不在。你消失了。

当时的你突然出现，现在的你又突然消失。

早已习惯有你的时光，与你手挽着手叽叽喳喳地讨论哪个班帅哥多，然后再自恋地说一句："没事，咱美女一个还怕没人追吗？"说完一起放肆地笑。可是，现在的我，是落寞的，听到这，亲爱的，你是不是会有点儿心疼我。

还记得我们的第一次相遇吗？当时初一新生报到，当我正满头大汗找班级时，突然发现报到处有具体位置，无比汗颜。你走过来拍拍我的肩膀说道："美女，咋这么粗心呢。来，看在我俩是一个学校的份上，我带你去吧！我高你一届哦，有事你学姐我会罩着你的。好了，这就是你的班级，我是X班的，拜拜啦！"留下我无语地站在那儿。后来我们真的就成了很好很好的朋友。后来你说因为当时的我很傻很可爱，才会帮我的。你总是会拍拍我的肩膀，说："唉，我怎会有你这样傻乎乎的学妹呢！可是，天意啊！哦哦哦！"每次想到这，嘴角还是忍不住上翘。亲爱的，你知道后会不会说我傻啊。

314°星，那是属于我们的秘密。还记得吗？那天我心情不好，你就拉着我指着夜空中的一颗星星："你看哦！那是314°星，无论天气怎样它都会在夜空中，无论有没有月亮，它都在等待着。这是一个很古老的传说哦。在古代，月与娥是一对很要好的朋友。可是有一天，必须有一个要离开，否则将会受到天帝的惩罚，终身没有自由。于是，月为了挽救娥，用月晶做出一颗与众不同的星星，送给了娥，月对娥说：'我要走了，这是属于我们的星星，如果你想念我了，这颗星星就是我，就好像我还在你身边一样，要快乐。'最终月和娥分开了。你看，314°星就是月，它即使离娥那么远，可它们的心还是在一起的啊！嗯，现在，我宣布，这颗星也是我们的，即使我们不在一起了，但，我们的心永远在一起。所有的星星都是见证哦。"月空下你的话瞬间温暖了我。可我并未察觉，那其实就预告着你要走了，你要离开我了。亲爱的，我看不清你眼里的忧伤，可你看得清我心底的寂寞。

　　亲爱的，此时的你，正在看属于我们的314°星吗？它依然在闪耀，可是，你已不在我的身边。

　　亲爱的，我想你了。祝福你，祝你幸福。我最亲爱的朋友。

橙 子

浅 泗

现 在

读完橙子寄来的信，天色已暗淡下来。暮色很有层次地在天边显露出来。金色的薄纱与火红的绸缎交织成那遥不可及、转瞬即逝的绝美景致。太阳挥尽自己最后一抹妖娆，淋漓尽致。

我望向窗外，想着橙子。

不知道橙子现在在做什么。在食堂排队打饭？上晚自习？在校园里穿梭？现在的橙子，就只能做这些吧。每次想到橙子，我的记忆就像存放在箱底的电影胶片被翻出来重新放映，每个情节，每句台词都那样清晰，一如当初。

她

橙子喜欢糖果一样明亮鲜艳的颜色，喜欢过膝的长裙，喜欢圆头的鞋子，喜欢扎得高高的马尾辫，喜欢笑，喜欢一切美的事物。她相信，这个世界纯洁如水晶。她有最纯净的信仰，最明媚的微笑。她会有小小的嫉妒、贪婪、愤怒……她一切的优点、缺点都会毫不掩饰地呈现在别人面前。这样的她，是被阳光渗透的，没有一丝阴暗，虽不够完美，但一定是晶莹剔透的。

过去——第一幕

"小苣，快点！快点啊！太阳都要升起来喽！"橙子转过身，对我喊道。

"我真的爬不动啦，晚一会儿没关系吧。"我已上气不接下气。

"怎么会没关系呢，小苣你加油啊。我来拉你。"说着，橙子伸出了手。

爬到山顶时，太阳刚刚露出一条金边。我和橙子手拉着手，目不转睛地看着太阳缓缓升起。那是难以言表的美，清晨的日光照在身上，生命都变得光芒万丈。我很感谢橙子，要不是她的坚持，我一定不会想来看日出。

"小苣，我总有一天要站在离太阳最近的地方，看最美的日出。"橙子望向我，阳光恰到好处地洒在橙子带着灿烂笑容的脸上。

"橙子，你知道吗，你很像一株向日葵呢。"面向阳光，我把双臂举到头顶，眯起眼睛。

"呵呵，那你就是我的小太阳。"橙子握住我伸到空中的手。

"呵呵。"

……

太阳，在我们的欢笑中越升越高。

很久之前，因为遇到了橙子，我开始热爱阳光。其实，橙子，你才是我的小太阳啊！

过去——第二幕

我第一次逃课，就是和橙子一起。那天午休时，橙子一直在说天气怎样怎样的好，最后飞快地说了一句——我们逃课吧。不知怎么的，我异常兴奋，点了点头，拉起橙子的手奔出校门，奔向另一个广袤的天地。

"小心点儿啊，还是下来吧，好危险呢……"我叮嘱个不停，紧紧地拽住橙子的手。

"没关系的啊！"橙子张开双臂，走在河堤上。

橙子咯咯地笑着，脚尖轻轻地踮起。她喜欢这样危险的刺激，让我提心吊胆的刺激。

"小苜，你知道吗，我多想抛弃一切去流浪，穿越过沙漠，赤脚走在玫瑰丛，搭上远航的邮轮，最好可以飘荡一辈子。"橙子缓缓地说。

"如果可以，我愿意和你一起走下去。"我站上高高的河堤。

"可是不可以，我们肩上的东西太多了，我们不能只为自己活着。"橙子拉着我走下河堤，眼里是从未有过的黯然。

现实总是让我们清醒，让我们心里某处硬生生的痛。时间将我们打磨得越来越圆滑，融入这个时代的洪流。但我们不会认输，因为那份坚持谁也带不走，我们要的明媚，永远都是那样绝对。

整个下午，我们一直躺在草地上。橙子为我唱了一首不知名的歌，她的声音轻轻的，像风儿拂过，回味悠长。那个下午，不同往日，我一直在说，橙子一直在听。关于旅行，关于未来，关于文字，关于梦想，关于我对B-612星球的幻想……我一直在说，一直说，直到我们都累了，在明媚中安静地睡了。

我们要一起去看最远的地方，看时光和日光交汇。看到年华都已老去，而我们的生命却依旧熠熠生辉。

过去——第三幕

我和橙子，手牵手走过了一个春天和一个夏天。叶子开始衰落的时候，橙子便离开了。橙子全家都搬到了外地，是遥远的南方。橙子的转学手续办好之后才对我说要离开的事情。她低沉的声音我一直记得，我听到时也只是小小的惊讶，然后是长久的落寞。其实，分离也没什么，这个世界很大也很小，见面也不会很困难，只是那种落寞，在我心里停留了很久很久。

橙子临行的前一天，我们约在某个十字路口见面。那天，路边的音像店放着戴佩妮的《小小》，简单的旋律，和着季末的风，飘得好远，我们都无法拾起。

我们绕着滨河公园走，有一句没一句地聊着。在绕了一圈后，我将包里的糖果拿出来送给橙子，很多彩色的糖果。

"哎呀，这么多糖果啊。我怎么吃得了呢。"橙子接过糖果盒子。

"我希望你想念家乡，想念朋友，想念我时，心酸流泪时嘴里是甜甜的，甜到可以让你忘了痛。"这些我只是在心里默念，我不敢说出来，我怕我们的眼泪一起泛滥成灾——不由自主。

路边有柳树，我折下一枝细小的柳枝，郑重地交给橙子。

"好友临行，赠与折柳，祝其一路顺风。"我一字一句地说。

"呵呵。"橙子歪着头笑。

"林橙同学，我要你一直都快乐。"我拉起橙子的手。

橙子紧紧地抱着我，我感受得到她颤抖的身体。我忍住眼泪，告诉自己，这只是暂别，我们还要一起完成很多梦想呢。

我 们

新的学期，橙子在南方的全封闭寄宿学校，我在北方的普通中学，我们都在准备中考，没有彼此的日子，我们的生活被更多的东西填满，我们从频繁的联系到每个月一封短信的往来，似乎真的在各自的世界忘却了对方。其实，只有我们自己了解，我们的约定与梦想，一直都驻在彼此心里，谁都不曾忘记，我们一如当初，是两个会手牵手面向阳光看春暖花开的女孩。

谁是你的角色

醉 井

　　她不过是一个十六岁的女高中生，却已懂得像老谋深算的政客那样变换不同的面目来迎合不同的场合。在她的世界里，信奉着这样一条理念：不懂得八面玲珑的"活"，等待着的，就只有四面楚歌的"生"。

9：12 a.m.　课间休息　班级教室

　　"嘿，我新写的小说，看看吧，给点意见。"B向她扬了扬手中的稿子，轻佻随意地把稿子丢到她的面前，表情与语气完全不像是在讨教，倒是充斥着炫耀和挑衅的意味。

　　她看了一眼标题，立刻猜到了与标题同样的烂俗的情节。但她很好地掩藏住了自己的厌恶，装着很认真地阅读下去。她知道B在等待她的赞许，B要的，只是她虚浮的赞美之词。

　　阅毕，她轻轻放下手中的纸页，冲她微微一笑，说："我都写不出来呢。很好，写出了繁华都市生活下孤独的心灵，用词新颖，很有意境。"

　　B满足了，拿着自鸣得意的小说离开，临走前丢给了Q一个意味深长的眼神。

　　Q是她的同桌，之前也被迫"拜读"了B的"巨作"，Q自然是没给B什么好评语，B不屑地说Q不懂得欣赏。从她那里得到了认可，B自然要以此再一次奚落Q的品味"低下"，以此获得额外的胜利的满足感。

　　等B走远后，Q低声对同桌的她说："这种小说你是写不出来，哈，还意境呢，这种情节现在都没有写手好意思去写了。爱用漂亮的词又用不好，语句都不通顺，错字连篇，亏你还是我们班第一才女呢，净睁眼说瞎话。"

她听了，只是淡淡地回答了一句："你知道的，得罪她没好处。"

1：13 p.m. 午休 教师办公室

"怎么样？这项艰巨的任务，非你莫属了。"C老师捧起茶杯，揭开杯盖吹开浮在水面上的茶叶，低头轻轻抿了一口，眼神却不在茶里，而是狡黠地从厚厚的镜片后溜到了她的心里。

老师口中的"艰巨的任务"，叫作"监视她的同学"。或者叫作"间谍"，或者叫作背叛友情。

"这也是为整个班级好，我们要以评上省优秀班集体为目标。你可是优秀班级干部，一直是老师的得力助手，这点小事都做不来？"C老师试图瓦解她的犹豫。

"好。"她被打败了。

她自然知道，应承下这件事，不是出卖同学，就是隐瞒老师，无论怎么选择都摆脱不了欺骗。但这么多年的学校生活让她有了一个屡试不爽的经验，老师交代的事，总要先答应下来才好。

6：24 p.m. 晚餐 XX大酒楼

"哎呀我这女儿啊，念书实在不用功。"她的父亲带着笑，毫无指责之意地说出了这句话，这更像是一句茶余饭后的玩笑话。

她很想为自己辩白一句，但在这亦公亦私的餐会上，她只能选择沉默，否则只会被安上"不知礼数""犯上作乱"的罪名。失掉的，就不只是面子那么简单。

她真不明白现在的家长为什么那么喜欢贬低自己的孩子，为了显示自己家教甚严吗？还是为了恭维别家的家长教子有方？

A阿姨说话了："别这么说孩子。这孩子已经很懂事了，这几年为你省了多少择校费、补习费啊。要好好表扬才是。对吧，小姑娘？"

她慌忙应答："我还有很多事做得不好，爸爸说得对，我还需要努力。来，阿姨，我敬你。"这个让她尴尬十足的话题总算在她标准的微笑和热情的碰杯声中被带过了。

10：10 p.m. 睡前 她家的浴室

浴后的热气让镜子蒙上了一层厚厚的水雾。她想看清自己的脸，便拿布去擦镜子，结果，只是越擦越模糊。

她越来越看不清自己了。

她学会了扮演这样那样的角色，却忘了怎样做自己。

是的，我们很穷

温不柔

家里很穷。这一点在我小时候就意识到了。

小时候，家里真的很穷。在我的记忆中，妈妈从来没有给我和姐姐买过衣服，而她自己的衣服更是屈指可数。她那几件寥寥无几的衣服上也有些许岁月的痕迹。每次到了年尾，姐姐也还穿着妈妈年轻时的衣服，我穿着姐姐的旧衣，过长的衣服很宽松，显得两个人都傻乎乎的。

南方的冬天其实并不是很冷，我和姐姐穿着由妈妈从被子上拆下的棉絮而缝补成的旧棉袄，呆呆地在院子里站着，像两只笨拙的熊。旁边的小孩子穿着新衣，吃着糖果，一堆一堆地玩，很开心的样子。

我盯着脚边五彩的糖果包装纸，忍不住咽了口唾沫。

"姐姐，我想吃糖。"我从来都没吃过糖，甚至连"甜甜的"是什么滋味印象都不怎么深。只是我知道，糖很好吃，吃起来很甜！

姐姐看了我很久，她动了动嘴唇，没有说话，然后别过头，说："过几天，爸爸妈妈回来就有糖吃了。"我撇了撇嘴，扭过头，看见姐姐过长的袖口上，密密麻麻的针脚，我低下头，却看见脚上"张开大口"的棉鞋……

过了几天，爸爸和妈妈真的回来了。他们的脸上写满了疲惫，布满了颓唐。姐姐把我拉到墙角，小声地说："囡囡，别跟爸妈要糖吃，懂吗？""嗯。"我似懂非懂地点了点头。心里酸酸的，有点难受，又有点儿委屈。

爸爸妈妈为了改善家里的状况，每次一过完年就匆匆跟着村里的包工头到处跑，一直到次年年底才回来。他们把我和比我大十岁的姐姐寄放在爷爷奶奶家里。没有爸爸妈妈在身边，我们就像是无家可归的孩子。我还小，脏衣服姐姐洗，然而一旦有好吃的，姐姐就会全塞给我，每年冬天，姐姐手上总是会长冻疮，但她总是不让我干一点儿活，姐姐是最疼我的！每次邻家小孩欺负我时，她总是替我出头，保护我，每次我想妈妈哭时，她总会哄我笑，逗我开心。可是，再坚强的堡垒也有"脆弱"的时候。有一次，姐姐也哭了，因为那些"坏小孩"骂我们是乞丐，我一急就哭了，后来姐姐不得不擦干眼泪，来哄我……

有一天，我看见庭院地上有颗糖果。糖果的外包装已经破损，好像被人踩过，裸露的糖果在阳光下散发出迷人的光泽，让我不知所措。我直直地盯着那颗糖，幻想着它化成一股甜甜的浓汁进入我口中的快感，一定很甜！可是，不知道为什么，当我想起姐姐那破旧但总是干净的衣服时，就毅然把它扔进了垃圾桶。我转身回头时，迎上了姐姐挂着泪水的脸，我扑在姐姐怀里大声哭了起来，姐姐也抱着我哭了……

是的，我们很穷。但这并不代表什么，反而是贫穷让我们懂得了坚强！

后来，姐姐考上了大学，我则以学费全免的分数上了初中。我每天奔波于"教室—食堂—宿舍"这三点一线之间，用知识充实自己。我想，在另外一座城市的姐姐也和我一样，骄傲地挥洒着汗水；喜悦地收获着丰硕的劳动成果！

好好加油

香草依依

一

又一次翻开郭敬明的《左手倒影，右手年华》，心里充满隐隐的疼痛。我不知道是什么东西让我悲伤难过。当阳光很温暖很温暖地洒在我身上的时候，我看着郭敬明充满疼痛与欢乐的文字："我觉得生命中一些珍贵的东西已经被遗落在某个血色的黄昏，可是我却再也找不到那张泛黄的地图，我曾经记得那张地图上面的路途彼此交错，可是现在我的面前，为什么只有一条长满荆棘的独木桥？"

二

我喜欢那些充满疼痛的文字，没有理由。但高考倒计时在不断缩短，忧伤与无助弥漫着全身。

别人说，有梦想，就一定会成功。可是我觉得，有梦想，不一定会成功的。

我不知道，自己为什么如此坚持写字，妹妹说，要是学习也这样就好了。

我点点头，但又摇摇头。没有人是完美的，上帝也不能。

三

当冷风吹过我的面颊时，我想起了Z——那个长着长长睫毛的高个男孩，那个曾经在路上等我的男孩，那个曾经逗我笑的男孩。

萍说，"小Z好像喜欢我。"然后义无反顾地跑去问他。我尴尬地看着他不好意思的笑脸和呆呆地站在黑板前的身影。

我们之间没有爱恋，只能算同学。直到初三再次遇见他，并且彼此成为同桌的时候，我依旧那样内向与忧伤，好像我的周围都弥散着窒息的阴冷。

小Z说，"我要转班了。"我看着他问，"为什么。"他告诉我他妈妈让他这样做。然后，他从抽屉里掏出一本厚厚的笔记本。

"你要吗？"他问，这是他在珠海的老师奖励给他的。

我摇摇头。然后，我看见他微微低下头，眼神有一闪而过的悲伤。然后我后悔了，我连连最后一份友情也放弃了。

如果是现在，我会接受那本笔记本，并且让他写下我的名字。

可是，没有如果。

四

新年的钟声敲响的时候，我收到萍的电话。

她说，"好好加油，备战高考。"

我点点头，眼泪差点掉下来，我不敢跟她说，我的成绩很差，差得离梦想越来越远。

五

上课、吃饭、发呆、睡觉。我每天重复着这样的生活，厌倦而后坚持。高三以来，我没做过一份练习，就像一只蜗牛一样踩着同学们的脚印。我注定落后，因为不曾努力。

有时候，一个人差到一定境界就会感到无所谓与迷茫。我终于知道那些孩子为什么要学会吸烟、打架，也许只有这些才能减轻他们心中的茫然与无助。

但我又像好孩子一样徘徊在他们身边。我就像落伍的大雁，格格不入。

六

我有一个梦想，考上大学，然后买很多很多的衣服，唱很多很多的歌，吃很多很多的美食。因为我不曾有过。

但那些梦想与欢乐就在曾经的那份梦想与欢乐中渐行渐远。

我翻开日历，离高考只剩112天。

有依靠很温暖

左 佑

天蝎座有一个很大的特点——很会隐藏自己的情绪。

我是天蝎座，所以我也很容易隐藏自己的情绪。尽管我现在无比紧张和焦虑。但在别人眼里，我还是一如既往地挂着笑脸。别人不知道，我也不想让别人知道，我如此紧张不安的原因。

早在几年前，爸妈对别人说起我们家的房子，总是说："我们小区对面就是并排的三所学校，小学、初中、高中，以后我女儿这么近距离就可以完成十二年的学习是很方便的。"他们的话语中、脸色中毫不掩饰自己的自豪。可就在最近，他们说的却是："下学期初三了，如果能考上K中的话，读书就方便了……"一改往日的骄傲，此刻的话语中透着不确定、迷茫，甚至还有些许尴尬，如今我对于上K中的确没有十足的把握。而这细微的改变也像是细细密密的针，狠狠地扎在我心的最深处，即使痛，别人也不知道。

我曾经试图对小樱诉说我心里的恐慌，可是最终也不知该如何开口，所以以在自己心里说声算了告终，之后再也不妄想别人能够看懂我。

小樱曾对我说："我们要努力，不顾一切地努力。我想我们不能再这么任性下去了。曾经我以为在这个世界上只要有梦想就一定会有希望。可是我看到别人这么努力这么拼命，听到爸妈整天玩命似的唠叨。我忽然觉得，我们现在是不是连养活梦想的资格都没有？我上次在一本杂志上看到过一句话，'在学生时代，鲜红的分数就是梦想的血肉。'虽然我觉得说这句话的人很欠扁，但是这不无道理。我不想让苍白的分数毁了我们的梦想，你也不想是不是？我们一起努力吧！"

即使这个平日里懵懵懂懂的小妞能够在装饰得这么时尚温暖的甜品店里说出这样一番煞风景的话让我有些目瞪口呆；即使我最烦别人对我说教；即使我完全同意她的说法；即使这也是我想对她说的，但我依旧没有表现出任何"我们想到一块去了"的欣喜感，只是沉默地轻轻点了点头。

　　就像一阵风，她的话不着痕迹地吹走了积压在我心上的尘埃，我忽然变得轻松起来。

　　而我也已明白，对初三的恐慌，不只是怕自己对于未来一年繁重的学习任务和压力会力不从心而自暴自弃；也不只是怕在父母口中那应该全力以赴的一年没有全力以赴而看到他们从心底弥漫上来的深深的失望；原来我怕的还有在一条需要披荆斩棘的路上伤痕累累的时候没有人陪我一起坚持。我怕所有人都不管不顾地为自己的未来奔去的时候，原来说好要手拉手一起走的人都沦为个体，留自己孑然一身，艰难前行。

　　所以，当小樱对我说，我们一起努力的时候，黎明刺破黑暗，豁然开朗。

　　原来，小樱懂我。

　　我已不会再怕没有人陪我一起坚持。

　　这样子，有依靠很温暖。

钩钩手指，我们约定

阴霾灿烂

一

我把那双干净的白色帆布鞋的鞋带系在右手的手指上，背上背着只装了几本课外书的黑色背包，光着脚丫蹦蹦跳跳地走路。遇到有积水的路面，我会踮起脚尖绕开。

如果靠近我的话，可以看到我的脸上带着的浅浅笑意。在过路的行人看来，这该是多么骄傲乐观的一个女孩啊。

可是，我的心里却有满满的自卑。体育课练习立定跳远时，无论我怎么拼命地往前蹦，成绩总是超不过一米五。于是我拼命练习，最后却只是累得躺在沙坑上大口大口地喘粗气。样子看起来是那么狼狈。

中午下了一场春雨，沙石还带有些湿气，摸上去软软的。这让我回想起以前和L纯在沙滩上堆砌城堡的画面：湛蓝的天空当背景，两个女孩平躺在沙滩上，她们相互承诺要永远当城堡里快乐的公主……

哎，亲爱的，我一不小心就又想起你了。很抱歉，在你离开以后我并没有过得很快乐，反而，更加寂寞了。

二

自从学校宣布体育作为中考的测试内容后，大家开始疯狂地进行体育锻炼。首先，投掷实心球，然后，立定跳远，然后，一分钟跳绳。

操场上的人们忙碌得热火朝天。

我坐在升旗台上，背靠着旗杆，大口大口地喝着农夫山泉，然后大声地对约约说："我决定了，以后要好好照顾自己！"

约约拿着矿泉水瓶使劲砸我的头，恶狠狠地说："你这个死丫头，每天吃饱睡好地过日子，养得白白胖胖的，还不知道满足啊？"

不远处那群在练习立定跳远的学生，不管我用怎样的角度去观察，总觉得像是一大群人在争先恐后地往无底洞跳——赴死。

呵，我扭曲的思想。

三

关于L纯的话题是这样被挑起的。

"喂，C……你知不知道L纯去了哪里呢？"躺在草地上，嘴里叼根狗尾巴草，约约语气平淡地问道。

"啊？不知道呢……"我安静了，半眯着眼睛仰望天空，阳光很明媚，刺得我的眼睛无处可逃。

嗯，我是真的不知道L纯去了哪里啊。我在心里默默地回答。

"你真是一个不称职的同桌啊。"约约幽幽地说，然后起身拍拍手向沙坑跑去。我知道她又要开始表演她的青蛙式跳跃了。

王筝的歌声在这个时候很适时地响起：

> 我还是没有了你
> 你还是离开了我和这里
> 我站在西大街最宽的城墙
> 听着钟声在这落雨的城市回荡大声哭泣
> 我还是没有了你
> 我还是选择留在这里

盼望着夏天终于过去，记忆被风吹散在这座看似永远不变的城市……
干净缥缈的歌声通过学校的广播站，响彻了整个春末夏初的天空，引发了一季的想念。

嘿，亲爱的，我是真的想你了。

四

我还没有准备好，生活就开始了。

我看到马盼盼写的这么一句话，然后心狠狠地疼了一下。

是的，我还没有准备好，初三的复习生活就开始了。我以为我可以轻松地应付一切，可是事实证明我错了。我还是会在一份份苍白的试卷被传到手中时狠狠地咒骂，还是会在看到时间变戏法似的把倒计时变小时感到惊恐。最后却只能安分地趴在桌子上反复做练习题。

收到L纯的信时我正对着一张英语复习卷发呆，明媚的阳光从窗外斜射进来，被玻璃窗切割成几块，投在卷子上，折射出柔和的光。

L纯在信的开头这样写道："安静的，很安静的，超安静的C，你要向我看齐，每天都要嘴角上扬，牙齿天天晒太阳……"我把信折好夹在《盛开》里，开始嘿嘿地傻笑。

亲爱的，我有很开心地笑哦，你看到了吗？

五

那天YY陪我一起回家。

我们并肩走着，有一搭没一搭地聊天。整条道路因为春雨的洗涤变得干净，白嫩的脚丫踩上去会有冰冷的感觉。总会有一两辆车子时不时地追上我们，带来一阵凉风，然后离我们而去。有那么一刻，我突然希望那条道路可以无限延伸，没有尽头。那样我可以和YY一直走下去，享受小脚丫踩在路面上那种又凉又痒的感觉。

不远处的篮球场上，几位少年正在为一只篮球展开激烈的争夺。看着他们，YY突然说，"C，我们做一个约定吧。等中考结束后，我们一起到这个篮球场打篮球，尽情挥霍汗水，好不好？到那时，我们把什么体育加试什么中考通通抛之脑后，只管尽情玩乐……不过现在我们仍要为中考做最后的冲刺，一起加油吧！"

看着YY单纯的瞳孔里那些温暖的气息，我才发现其实她也是个单纯的孩子，也有着单纯的想法。

嗯，这是我们的约定，钩钩手指头，一起加油！

六

"约约。"

"嗯？"

"我决定了，我要好好照顾自己，好好生活。"

"嗯！我们都一样……"

猪宝，记得要幸福

蓝 然

一

家里没有成功地养过一只宠物，尽管我们几个孩子都很喜欢小动物。也曾养过一些宠物，但情况惨不忍睹：小白兔因为妈妈照顾不周不幸被人顺手牵羊偷走了；一只小乌龟因眼睛发炎不幸死去，另一只还没来得及为同伴的离开而伤心就被爸爸拿去放生了；还有那一群我们走到哪就跟到哪的可爱"唐老鸭"，因为妈妈嫌脏而瞒着我们悄悄送人……

我们再大的哭闹声也从来无效。

也因为如此，家里干净得近乎刺眼，安静得近乎死寂。

直到猪宝的出现……

二

那是哥哥从朋友家抱来的一只新年期间出生的狗狗——猪宝。身上团团灰斑、眸子澄亮如水、可爱无邪。每次带它出去散步，总有一群小孩围着逗它玩儿。犹记得它初到我们家那天，我们几个高兴得手舞足蹈，除了爸妈。但他们不满的神情还是被我们的快乐湮没了。我天真地以为，家里的沉寂应该可以告一段落了。

我从来不知道，它的撒欢、欢叫都会成为妈妈对它打骂的理由，直到我亲眼看见。我更不知道，这么可爱的狗狗，爸妈为什么不像我们那样疼爱它呢？除了恳求妈妈手下留情和不停地劝猪宝要听话，我所能做的只是在它被打后看着它眼里的泪光陪着它一起伤心。看着它眼里开始有了一种叫作"忧伤"的东西，看着它的脾气开始变得暴躁不安，我一遍遍地问我自己：我们的快乐是不是很自私很残忍地建立在猪宝的痛苦之上？尽管如此，我还是不能做什么来舒缓猪宝与爸妈之间的紧张关系，直到事情变得一发不可收拾……

三

印象中南方似乎没有像今年这样频频出现大暴雨天气的，但是却让猪宝遇着了，因为妈妈一直很排斥猪宝，因此它只能住在屋外。

那天深夜，风雨交加，雷电轰鸣，它在外面害怕地拼命哀号，像在求助。它一直害怕打雷。我们几个都被它凄厉的叫声惊醒了，想抱它进屋避雨，却没有钥匙。唯一有钥匙的妈妈却不肯开门。恳求了许久，妈妈终于让步，不耐烦地去开了锁。电闪雷鸣中，它冻得瑟瑟发抖，我分不清它脸上哪是泪水哪是雨水。我们将它抱进屋，它还是委屈地叫着，还没等我们将它的身体擦干，爸妈嫌它吵，它又被轰出门外。漫漫长夜，我无法想象它带着湿湿的毛皮怎样熬过去。我们被妈妈硬拉回床睡觉，我不知道别人是不是也和我一样听着它绝望的哀号，陪着它一起流泪……

四

一个更大的阴谋在酝酿着。

第二天早上，我们正想好好地安慰一下猪宝，猪宝却不见了踪影。我们发疯似的找遍了家里的每个角落，却一无所获。一个可怕的猜想闪过我们脑海，只是我们不愿去想，那就是猪宝可能被妈妈拿去送人了。看着我们的"可笑"模样，妈妈证实了我们的想法。

我们立即冒雨前往附近的亲戚、邻居家找。这是最有可能的可能了。感谢上苍，我们找到了！才短短几个小时而已，它变得又脏又湿，更是一脸惊恐，只是一个劲儿地颤抖。姐姐心疼地说，那家人给猪宝住的地方脏得简直跟猪棚没什么两样。抱着它，我们都哭了。

五

因为要上学的缘故，我们无法在家照顾猪宝，其实我们怕的是猪宝再次从我们的视线中消失。虽然我们心里有一千个不放心，却也无可奈何。我怎么也想不到，那天会是我最后一次看到猪宝。

等到放学我们匆匆忙忙赶回家时，眼前的景象令我的心一沉：笼子里空空如也。我们再次冲往亲戚、邻居家，但这次没那么幸运了。我们只得从妈妈的口中去询问猪宝的下落。

"我把她扔在路旁的桥上，谁要谁便捡去呗！"她轻描淡写地应道。

等我们赶到桥边时，哪里还有猪宝的影子？我终于忍不住了，不顾路人惊诧的眼光，放声大哭起来。如果预支我全部的眼泪，可以换回猪宝，我愿意达成这笔交易。只可惜一切都太迟了！就连我企图在空气中记住猪宝的气味这个小小的愿望都无从实现，因为下着大雨，它的气息早被洗得荡然无存，就像它从来没有出现在我身边一样，就这样消失了。没有遗留下半点痕迹，没有给我丝毫的思想准备，徒留下满地的忧伤，取代了空气，在这个多雨的季节，差点让我窒息……

有谁能告诉我，猪宝到底有什么过错？他们有什么理由对一只才四个月大、在家只停留了一个星期的小狗做出这种事？因为嫌它脏？因为妈妈有洁癖？因为养它毫无用处？我真的不知道。我唯一知道的是，因为我的天真无知，猪宝成了爸妈手下的另一牺牲品。猪宝，原谅我！

从此以后，我又多了这样一个习惯：只要听到狗叫，我都会循声张望。虽然每次遇到的总是失望，但我并不打算放弃，我需要坚持这份希望，去减轻那压得我几乎崩溃的歉意。只是，我会在某个雷电轰鸣的深夜惊醒过来，然后想起那个相似的夜晚屋外无助的哀叫，然后闭上眼睛，使劲不让泪水流出来；害怕在街上遇到狗，这会让我控制不住对猪宝的想念，想念它那澄澈的双眸，或许在被抛弃的那一瞬间，也还没有读懂"人"这种可怕的高级动物吧！一如我至今仍无法理解爸妈的做法一样，然后心好痛、好痛……

　　我知道，我丢失了一只狗狗，但爸爸妈妈抛弃的应该不只是一只小狗狗而已吧！

六

　　重温着MP4里的视频上有关猪宝的那些温暖的记忆，我流着泪告诉自己：猪宝，你终究还是离开了我。

　　猪宝，你到底在哪里？

　　猪宝，不管你在哪里，你都一定要幸福！

　　这是我最后的请求了。

两个人一起孤单不叫孤单

盲 鱼

一

我在凌晨的时候坐在窗台对着深邃遥远的天空发呆，握在手里的手机无声地振动着，屏幕显示着"是的，两个人一起孤单就不叫孤单。"然后，我的笑容砸满了一地。

......

你说，如果可以，我们就一路疯狂到底，一起狂妄，一起欢笑，一起哭泣，一起高歌，一起在惨白的时光上勾勒出红橙黄绿蓝靛紫的色彩……

我说好。只是，我知道"如果"这个词总是与"可是"狼狈为奸，有了"如果"就怎么也少不了"可是"。

而"可是"拉扯出的下文便是你我都心知肚明的分离。

二

你在高考全身而退后精神抖擞地跟我说"要努力，但别拼命；要认真，但别较真。"而我，将一个"好"字打得铿锵有力，只是你没有听到而已，因为有些话，键盘总是无法将它们演绎得完美。

我在高二结束的时候跟你说"高考不知道从什么时候开始变成了心里的一条虫，日夜噬咬着我的心，而我不知道自己究竟能否承受到最后"，而彼时你就站在青海明亮的天空下跟我说"青海的美会让你忽略掉一切烦躁不安，而对于高考的坚定会让你忘记这途中的彷徨与无措。"

于是，我在距你万里之遥的地方抬头看着明朗的天空微笑，因为即使我们不在一起，你依旧在支持着我。不是有句话这样说的吗？"即使我们不在一起，但只要同时仰望天空，我们就会无限接近。"

三

我带着书本匆匆走过我们曾经一起走过的路，以一路沉默的方式回忆着我们曾经的一路喧哗。榕树、石椅、秋千……一切依旧。甚至我们一起讨论过的人、窥探过的秘密都依旧，只是我的左手边少了一个一路或陪我说话或和我一起沉默的朋友。而你，是否把关于这里的一切像数学映射的原像一样——找到了与之对应的像呢？

物是人非，这么沧桑的成语我曾经以为我永远都用不着，可时至今日，我才发现一直以来是自己把自己宠溺成长不大的小孩，以为不长大，就不会有变化。

那只我曾经为之疯狂的篮球早已积满了灰尘，无声地控诉着我们对它的冷落。而它，就像我们曾经一起走过的时光，虽然依旧存在，但遥远得让人怀疑是否真实。

有那么几次，当我抱着篮球兴致勃勃地走进篮球场时，那落寞的弧线与一个人奔跑的身影相互交织成的孤单总是逼得我快速逃离。

四

我从来不知道孤单能有多浓重，直到那天我学着你的样子在凌晨的时候坐上窗台。自己像是这个空间中的唯一存在物，孤单排山倒海而来时，我被冲击至眩晕，眩晕之后发现自己早已泪流满面，然后我想起你说过"身边每天都很喧闹，可永远只有自己一个人在凌晨的时候坐在窗台对着天空发呆。"原来你的孤单是深入骨髓的，而我的孤单其实只是无聊时的呻吟……

记得吗？我曾骂你自恋，因为我只说过一次你的名字太难听也太难叫不如以后就叫王子来得简单方便后，你就一直以王子自称，可你说自称王子是为了给我一种是公主而被保护的感觉。感动就如温泉淙淙流过，然后彻底把我淹没，有这样的朋友，真好。

你总会说一些很欠扁的话，可每次，我都能从你的话中获得平衡，然后继续着自我，将所有的烦恼抛在没心没肺的笑闹之后。我说"每次看到夕阳总会有一种苍茫的感觉"时，你说"夕阳是给老年人缅怀青春用的，又不是给你免费欣赏的"，我说"我特别佩服那些在大冬天里穿裙子的女孩，她们特勇敢"时，你说"同时，她们也是最不自信的人，只为了让人注目而不惜以牺牲暖和为代价"……

五

我们都是痴迷于"高山流水"的孩子，甚至幻想几千年前就曾认识，只是我们究竟谁是钟子期，谁是俞伯牙呢？你我至今都没有弄清楚，因为清楚与否都已不再重要。因为我们是最好的朋友。

我们都希望一直带着自己的棱角骄傲地活着，像林黛玉一样，即使是要失去生命也要带着自己的骄傲离开。那么，就让我们一直自我下去，骄傲下去。

你说你总是仰望着我，因为我依旧单纯如孩子。可你不知道，我也一直在仰望着你，因为你干净得像个天使。我想因这仰望，我们会一直美好下去。

六

你在凌晨的时候给我发信息说："要勇敢，在尚未从高考这场战争中退出时谁也不能准确断言、评价高三。在高三这一年，你能学到比过去两年还要多的知识。相信自己一定能行，你就一定能行。"

而我，坐在窗台，回了你："现在我们在同一时刻看同一个天空。两个人一起孤单不叫孤单。"

然后，屏幕显示："是的，两个人一起孤单就不叫孤单。"

最后，世界回归沉寂，但我知道，孤单不再那么沉重……

鱼与水长大

流云冰莹

一

鱼对水说："鱼儿只有在水中才能自由自在地游戏，水中那轻柔的世界，就是鱼儿的全部。所以，鱼和水要永远在一起。"

每一次听到鱼这样说，水的心中就有一股暖流淌过，被人无条件地信任是多么幸福的一件事。

鱼和水约定好了，要做一辈子的朋友，永远在一起。

可是，一辈子的时间，有谁可以预料。

二

明媚的阳光洒在嫩绿的草地上。

水和鱼肆意地躺在草地上，抛开平日学习的疲惫，享受着冬日里暖暖的阳光。沐浴着这样暖和的阳光，水不禁想起三年前认识鱼的那个早晨，当时的阳光也是这么暖和。

刚刚升入高中，离开熟悉的环境，面对着完全陌生的学校和同学，水感到莫名的孤独。她不是个善于交往的人，陌生的环境和人群总会让她不知所措。新教室里，她一个人坐在角落里。

"我可以坐这里吗？"轻柔的声音让她抬起头，眼前那个娇小的女生让她感到一种莫名的心安，就这样自然而然在一起了；就这样，成了好朋友。也是在那之后，水才逐渐知道，她们是如此相似。她们都不善于和别人打交道。可以不用费心地去了解，就能知道彼此的心思……

和鱼在一起的日子，是水最美好的日子和最难忘的时光。升上高三后，每天都是学习、做题，可以像现在这样放松的时间不多，每个人都害怕一放松就会被别人超过，每天数着黑板上的倒计时过……

"鱼，你……"

"水……"

同一片天空下，鱼的心却无法平静。这样相处的时光还能有多长……

"怎么了？"水觉得鱼的声音有点异样。

"水，我爸爸要我出国去留学……"鱼的声音显得十分沉重。

水的脑里嗡的一声响，她腾地坐起来："你说什么？"

"我要出国了。"鱼闭上双眼，她不想让水看到她眼里的悲伤，也不想看到水眼中的痛楚。沉默的气息在空气中萦绕。

怎么会这样，她还以为她们会一同参加高考，然后考同一所大学，现在……水把头埋在双臂间："一定得去吗？"

"对不起，我无法改变……"如果可以她也不想离开。这里有着她爱的人，有着她的回忆，这些都不是轻易就可以割舍得掉的。

"什么时候？"

"毕业考以后。"

"连高考也不参加了……"

"嗯……"

三

时光一点一点地从指缝间流逝，离毕业考也只剩几天的时间。

最近，水常常望着蓝蓝的天空发呆，两人相处时也经常是沉默着。

沉默不是无话可说，只是不知该如何道别，因为从没有想过会出现这样的情况。水更害怕打破沉默之后时间会流逝得更快。她也知道，鱼是懂得她的心思的，不然，她也不会总是牵着她的手，以后不知何年才能再一起牵手走了。她也明白，离开，其实鱼更难过。要离开这养育了自己十几年的土地，离开这充满她的回忆的地方，她更舍不得……

考场上，水看着坐在前面的鱼，她知道这只是场形式的考试，不管考得好还是不好，鱼都会走，签证早已办好了。

考完试后，两个人走在回家的路上，这是最后一次一起回家了。

"鱼，你知道吗，最近我常常想起以前的事。"水低着头说。

"我也是。"

"如果没有遇到你，不知道我的高中生活会怎样……"或许会黯淡无色吧。谁知道呢。

"鱼，我们去照大头贴吧。"水拉起鱼的手向前跑。这是最后一次牵手了，最后一次一起奔跑了……

一张张的大头贴，记录着相处的欢声笑语，见证了彼此的亲密无间，绘画了那些无法忘怀的时光。

拍照的时候，水照着照着突然就哭了，可是哭着哭着又笑了。这样又哭又笑的，看起来有点像神经病吧，其实她只是想起了过去的时光……

四

鱼走了，水独自留下来面对黑色六月。

鱼常常写E-mail来，她说，水，这里的冬天很冷，因为没有你在身边；她说，这里的人都叫她Echo，没有人再叫她鱼了，她好想听她再在身边叫她鱼；她说，在这里她觉得害怕，因为都听不懂别人在说什么；她说，她经常梦见过去，梦见亲人朋友，她才明白了"独在异乡为异客，每逢佳节倍思亲"的感受；她说，一个人不能总活在过去，她要振作，水，我们都要坚强，要微笑着面对生活；她说，水，你怎么不接电话，也不回信……鱼来了很多信，可是她只回过一封，说别担心，我很好。

其实她不是不想回，她只是怕想起以前她会哭泣；她只是怕一写信，思念会泛滥；她只是怕听到鱼的声音，她会沉浸在对过去的回忆中；她也知道，活在过去的人会很痛苦，可是她就是放不下……

她把自己埋在写不完的习题里，让学习疲惫自己，不让自己去想过去，她选择让学习麻痹自己……高考面前，每个人都拼命地学习，不想输给任何人，谁也不想做唯一一个落榜的。

有一天，她去公园散心，她看到鱼儿跃出水面，水面波光粼粼，她忽然想起了鱼。鱼总会有跃出水面的一天，总会有鱼跃龙门的一天。鱼离开水后，她会有自己的另一片天地，可是，水还是得向前流，最后流入大海。

她上了很久没上的邮箱，邮箱快满了，都是鱼的信。她一封封地看，仿佛是鱼在眼前跟她诉说。她看到鱼在最后写道：水，你要学着长大。

她开始给鱼写信，她有很多话想跟她说，她想说对不起，她想告诉她：其实，我们都已经长大了。

在时间的隧道里，每个人都在不知不觉中学着长大。

第二部分

一起长大的日子

你比我成熟，你比我理智，你比我冷静，所有人都这样说。但我知道，你大大咧咧的外表下，其实是多么的感性和细腻。我多想对你说，没关系，我们下次再来。可是我们都知道，那是不可能的了。很快便是初三，课业繁重了许多，所有与中考无关的课余活动都被取消了。但我们依然习惯在每天下午艰难的体育特训之后，一起来到奶茶店，将疲惫混入甜美的奶茶吞进肚子，看着彼此狼狈的样子笑得肆意张狂。无所顾忌的笑语跌落尘埃，碎成晶莹的一片一片，隐没了踪迹。那时的我们，都在为了中考体育的三十分奋力在及格线上苦苦挣扎，常常一圈圈绕着跑道跑得满脸眼泪，混杂着汗水，咸而苦涩。但是，因为每天傍晚时的一杯奶茶，幸福变得如此简单和悠长。

——谢桥《离歌》

单车上的琉璃时光

左莹

当考场上的硝烟远去，关于高三的记忆除了试卷就是单车了。还有那些自行车死党，是她们给我沉闷的高三添上了活泼的色彩。

死了都要爱

《死了都要爱》是瑶和牛的经典表演曲目。不知道街道两旁的住户们是否还记得那几个夜晚，两个小女生边蹬着自行车边拉手深情对唱《死了都要爱》，那撕心裂肺的歌声在每天夜里十点钟准时响彻整条大街。我们不得不小

034

声提醒让她注意点。这时，她们便会以更大声的歌声来回应我们："不理会别人是看好或看坏，跟我来……"然后我们无奈地摇头，尽量保持距离。

牛是一个非常搞笑的女孩儿，超级喜欢蜡笔小新。她曾经教我们一起唱著名的《大象歌》，并擅自决定将它作为我们车队的队歌。于是，所有路上的行人都用诧异的眼光注视着六个一边蹬着车一边大唱"大象，大象你的鼻子为什么这么长"的小女生。这样壮观的场景持续了几天后，终于在路人异样的眼光中被扼杀在萌芽期了。

波思丁

冬天来的时候学校开始了日考，每天的晚自习都用来考试。

小丁属于那种勤奋的好孩子，交试卷总是最后一个，每天晚上我们都得

等上她好久好久。后来我们找到了一种很有效的方法，五个人一起大叫"小丁交卷！"一遍又一遍，一天又一天，乐此不疲，虽然耗费体力，却卓有成效，只是产生了一个副作用，那几天整幢教学楼的人都在讨论小丁是谁。

寒假开学后，小丁穿了件波司登的羽绒服兴冲冲地出现在我们面前，开心地告诉我们是新衣服。第二天，牛向我们报告了一个重大发现，有个理科班的男生穿了件一模一样的波司登。"是情侣装耶！"八卦的我们开始在一旁起哄。虽然没有勇气去打听那个男生的名字，可我们背地里都叫他波。叫他们两个"波斯丁"。

彩旗飘飘

春天的时候，肯德基来了考察团，准备入驻这里的市场。为了表示欢迎，路两旁插满了五颜六色的旗帜，迎风飘扬，远远望去与周围的景色格格不入。于是我们私下开会决定要"为民除害"。

某一天中午放学后，我们把车依次停在路边，开始行动。首先是瑶，左右张望，以迅雷不及掩耳之势拔起一把黄色的旗帜插进自己的车后座里，然后就逃之夭夭。我们也不甘示弱，各自挑选了一面插好，飞也似的逃离了现场。偶尔听见有人在讲，有次见到六辆后座上插着不同颜色的彩旗的单车并排飞驰，那场面是相当的壮观。我们在一旁捂着嘴差点儿笑岔了气。

那天傍晚回家，我们发现路边的场面惨不忍睹，不时有学生来拿走一面旗，街道两旁只剩下了稀稀落落的几面彩旗。我们在一旁很无辜地叫道："是谁带的头，造的孽呦！"

毕业后

整天嚷着要嫁给阿信的牛去了西安，被我们尊称为堂主、超级喜欢武侠的雯去了师大，爱死崔始源的疯女人瑶也去了师大，为了花前月下抛弃了我们的琛去了长春，喜欢长脖子男生的小丁去了交大，而对"肉鸟"这个绰号恨得咬牙切齿的我奔向了上海。

我们，就这样，各奔东西。

写过的草稿纸我们都扔掉了，做过的试卷我们都卖掉了，用过的参考书我们都送人了，只有这充满欢笑的记忆我们扔不掉，卖不掉，也送不掉。它会牢牢地嵌在这本只属于我们的青春纪念册里，随着时光的流逝却永不褪色。

亲爱的朋友们，什么时候再去"大台北"喝一杯香郁的奶茶呢？

蓝小莫的寂寞天空

蓝小莫莫

蓝小莫独自站在许愿池旁看着喷泉。她没有许愿，尽管她口袋里有硬币。其实以前她很信这方许愿池。只是蓝小莫投了好多好多硬币，可她的愿望一次也没有实现，于是她开始怀疑了。蓝小莫看到很多人虔诚地许愿投币，她笑了。因为她看到还有人与她一样傻，是傻吧！蓝小莫这样想，脸上还挂着未干的泪痕，她还在想，这样算不算离家出走呢？当妈妈拿着那张分数低得可怜的试卷，指着蓝小莫骂的时候，她逃出来了。但她并不想在外面待多久，肚子饿了就该回家吧！她这样想着，就转身走去，夕阳下留了一个并不好看的背影。

蓝小莫和吴小慧是同桌。吴小慧会在蓝小莫旁边讲着很多很多的话，末了，就问一句，"你觉得呢？"而蓝小莫则只应一个字，"嗯！"并不是蓝小莫寡言少语，而是吴小慧的话十有八九是假的，所以她不想对吴小慧的谎言表现出多大的热忱，也不想去揭穿。因为在班上只有吴小慧会搭理她，她不想连唯一的一个朋友也失去，那样自己会更孤单的。朋友？也许吧！当吴小慧有意无意地说自己的短处时，蓝小莫把她定义为，不算好的朋友。

蓝小莫有美丽的梦想。有一次她听到后桌的人说，瞧她那模样，也敢痴心妄想。蓝小莫就决定将自己的梦想藏在日记本里。蓝小莫拥有第一本日记本后，她从心底感谢那个发明日记本的人。她想，幸好有了这本日记本，她才不会被那么多的心里话憋闷了。于是，蓝小莫把日记本视为心肝宝贝，整天形影不离。

蓝小莫干了一件坏事。她跟踪了班里的一位男生。冒出这个念头时，蓝小莫吓了一跳，只是因为蓝小莫看到，他也是一个人回家。蓝小莫心跳加速，似乎快要蹦出来了。她跟着他走了两条街，脸上不断渗出汗珠。她忍不住抱怨，他的家怎么那么远？这时，前面突然蹿出一条狗，蓝小莫吓得转身就跑。直到某个路口，她回头看了一下，狗没有追来，她才松了一口气。

蓝小莫认为她喜欢他了。蓝小莫很讨厌值日，可今天还是轮到了她。老师写得好高哦，蓝小莫不断踮起脚却还是够不着黑板的顶端。班上有一个好讨厌的人一直笑，蓝小莫的脸红了，她咬着牙还在努力。这时那个男生拿过蓝小莫手中的板擦，替蓝小莫擦净了黑板。蓝小莫的脸更红了，她走回座位，在日记本中写道，今天真是一个特殊的日子！……在末尾处，她写着，他真的是一个好人！

蓝小莫的日记开始频繁地出现这个男生的名字，林青峰，这是属于一个小女生内心温暖的秘密。蓝小莫绝不会想到，这本日记本有一天会被人在班中流传，而发起人竟是吴小慧。那个总爱嘲笑蓝小莫的人正在大声读着蓝小莫的日记，怪腔怪调的声音引来大家的阵阵笑声。那些埋在深山里的秘密，赤裸裸地被暴露在烈日下。蓝小莫快步走向她，夺过她手中的日记，回到自己的座位。转身的时候，她看了一眼林青峰，他正低着头听着MP3。

还好还好，他不知道。他应该不知道的。蓝小莫松了一口气，自我安慰。蓝小莫以为自己会很讨厌吴小慧的，可是当吴小慧说出对不起时，蓝小莫就原谅了她。每个人都会犯错误的，何况，讨厌一个人是一件很累的事呢！蓝小莫这样想想，就不觉得郁闷了！与吴小慧的关系仍处于不愠不火的状态。

蓝小莫又遇见他了。蓝小莫不禁上扬嘴角，多么美好的男生啊！男生径直走到她面前，蓝小莫有些不知所措。

"他们都说，你暗恋我，真的吗？"男生笑着看着眼前的女生。

蓝小莫低头不语，双颊已泛起红晕。

"是真的啊！"男生挑了挑眉，"那，你暗恋不是失败了吗？"

"什么？"蓝小莫猛地抬头，吓了男生一跳，接触到男生的目光后，又迅速垂下眼睑。

看到蓝小莫的连锁反应，男生笑得起劲了，露出洁白的牙齿。

"笨蛋，那么多人知道了，还能叫暗恋吗？"

于是蓝小莫把头埋得更低……

蓝小莫在日记本里一笔一画地写着：阳光真的很明媚，然而我却遇上了比阳光还要明媚的……笑容……

　　流言滋长的速度超乎人的想象。尤其在这小小的校园中。更尤其在学习紧张对娱乐如饥似渴的初三。

　　林青峰被班主任叫进办公室了。蓝小莫开始忐忑不安。而后看到林青峰面无表情地走出教室，看见在办公室外面等待的蓝小莫，脸上开始出现愠怒。

　　"对不起，我给你带来困扰了，是吗？"蓝小莫小声地询问。

　　"呵呵，真是可笑啊！我与你有什么关系吗？为什么把矛头指向我？就因为你是班主任的女儿吗？说你是笨蛋吧，我已经有女朋友了，怎么可能会喜欢你？刚开始就觉得你挺好玩的，跟你妈说清楚，不关我的事……"

　　蓝小莫漠然地看着男生离去，仿佛有什么东西掉了，碎了一地。好玩吗？真的，一点儿也不好玩……

　　"啪！"班主任当着全办公室老师的面，不由分说甩了蓝小莫一耳光。蓝小莫顿时感到脸上火辣辣的疼，似乎全身都在疼痛。

　　回到座位，蓝小莫耳边嗡嗡响，不断回放着刚才林青峰和妈妈的话。阳光透过窗户在书桌上洒下一片金色。阳光好温暖呢，蓝小莫自言自语，可是我的心却温暖不起来了！抬头望向天空，依旧湛蓝，依旧洁净，泪水再也控制不住，滑落……

落叶缤纷日子的伤与痛

零下千度C

不知道是季节带给我的心情，还是我的心情影响了这个季节，总感觉这个落叶纷飞的秋天格外长，心情也格外阴沉。

趴在窗台前的课桌上，看着院子，黄色枫叶似乎总在提醒我，秋天到了。雨也阴阴绵绵地下，一阵风吹过就一个寒战。

这样的日子里，不小心就感冒了。当那些颜色鲜艳得俏皮可爱的药丸以一道美丽的弧线从我喉咙掠过时，笔友亚男打来了电话，她说她那边下雪了。是啊，北方下雪了。我说那你可一定要寄给我几张雪景照片啊，她说一定。然后不知道怎么，两个人都沉默了。接着我竟然不知为何抽泣了起来，她急了，赶忙问我怎么了。我怎么了？我也不知道，或许看到窗外又一片落叶飘下来了吧。我跟亚男说，我想出去走走，她说嗯，那你一定要开心啊！我点头。我想我有亚男这个笔友真的是我最幸福也最幸运的一件事了，她总让我在最不开心的时候听到她暖暖的声音，看到她暖暖的文字。

040

我戴上MP3，穿上大到会让我绊倒的爸爸的拖鞋往外走。不打伞，这样的毛毛雨不需要打伞。我也不带伞，反正已经感冒了，再淋下雨也没什么吧。

我低着头，走得好慢好慢，才发现我耳朵里充斥着的是一段再忧伤不过的旋律——《害怕》

> 我不再，去执着我是谁
> 或是我在夜里掉的眼泪
> ……

忽然很想哭，于是换了一首《无尽的思念》。才发现我的MP3里全是这个有着细腻但却忧郁的声线的歌手的歌，我是从什么时候迷恋上这个声音的？我还是不知道。继续低着头往前走，漫无目的地走。乍一回头，才发现身后好多纷飞的落叶。

  断了的琴弦
  弹奏着从前
  一起走过的路线没有终点
  昏黄的光线
  照射陈旧的水面
  映出那朵玫瑰思念的画面
  ……

　　耳边那个忧郁到底的声音让我想起了一种感觉，那就是心痛。然后我想到了瞬。瞬是我校顶楼的学生，他高三。我想，我喜欢瞬。我总在跑上顶楼时假装从那经过，偷瞄一下教室里的他。这是一件能让我开心一整天的事，所以我乐此不疲地坚持着，每天。但我又告诉自己，每天最多只许一次。

　　瞬的班级是我最最爱的数字，3年27班，327，多美好的数字组合啊！瞬坐在教室最中间，所以我想他成绩一定很好！

　　我没打听过任何关于瞬的事，甚至，他的名字。我不知道他叫什么。

　　瞬不是他的名字，只是我这样叫他，只有我这样叫他，我觉得这是一件很幸福的事，叫"专属"。

　　可是瞬离开了，整整27天。去了哪儿？我不知道。我坚持着我不知道的所谓的坚持——不去打听他！我只知道到今天为止，我已经27天没有看到他坐在他的座位上了，而我也整整27天没有再开心过了。

　　只是我忘不了的，是在27天前的那个中午，他脸色苍白，痛苦地坐在他的座位上……

　　后来，学校几乎每天都有人在说着有个高三的学生勇敢地和病魔作着斗争。再后来，听说这个坚强的学生离开了，真正意义上地离开了。

　　瞬，你和那个高三学生去了同一个地方吗？

晚上，我躲在被窝里，很厚很厚的被窝里，听着收音机广播，主持人一直重复着："天冷了大家出门要多带件衣服呀！"……

我已经发烧了，散步回家的时候下大雨，我淋回家了，妈妈好生气。

然后广播里又传出那首歌：

> 我的爱
> 是说停不能停
> 已经浓的不能说是曾经
> 也可说成我是错的
> 爱未曾变成真的
> 也没谈到多少你需要的爱
> ……

然后我又哭了。

迷迷糊糊又睡了。我梦见了亚男舒服的声音，梦见了瞬灿烂的笑容，梦见了一大片阳光摊在我面前，暖暖的……

我们是属于水瓶座的彼此

深　水

水瓶座的基本性格：独立自由，高傲自主，睿智敏锐，理智冷静，冷漠神秘，也最容易受伤。100%协调星座：双子座，天秤座。最能互相理解、亲密、合适的星座：水瓶座自己。

初春周六的夜晚，长长的夜色无边无尽地蔓延。艾琳坐在窗前，静静地凝望着窗外难得有时间欣赏一次的星光。一片嘈杂的声音隐隐从艾薇的耳机里漏出来。艾琳终于站起身来，走到了床边，对正和衣躺在床上听着摇滚的妹妹说："艾薇，把声音关小一点好不好？这样对耳朵不好啦。"床上的女孩没有移动，只是闭着的眼睛和嘴角渐渐露出沉醉的弧度。艾琳轻笑，叫道："艾薇！"床上的女孩睁开眼睛，脸上有些愠怒的神色。"又吵到你了吗？真是没办法，人家听个摇滚也不自由。"艾薇皱着眉头，伸手摸到MP3，按了按音量键。"哎，你把摇滚音量调那么大会伤害听力的，还没高考呢。况且听音乐也不用那么大声吧。"艾琳解释。艾薇不耐烦地摆摆手："你不懂啦！像你这样柔弱的女子怎么会听得懂重金属呢？你以为摇滚是你的轻音乐啊。"说罢迅速塞上了耳机。艾琳无奈地回到桌边。她看着窗外发了会儿呆。星光灿烂，夜幕深邃。她拿起钢笔，在面前摊开的日记本上写道："刚刚艾薇说我是一个柔弱的女子，真的吗……我不明白，除了面孔和17岁的年纪，我们到底哪里一样？"

其实当别人看到她们时都会觉得她们完全一样。小时候，妈妈给她们穿一模一样的连衣裙，红皮鞋，连梳的小辫子都完全一样。只是在大人们聊天时，小艾琳总是乖巧地坐在一边玩洋娃娃，而小艾薇则跟在一群脏兮兮的小子们的屁股后面跑来跑去，不会哭也不会撒娇。等到玩够了变得脏兮兮地回家，那些大婶们就会望着她惊讶地感叹："哦哟！啧啧啧！这小丫头怎么搞得这样灰头土脸呀？这个是妹妹吧！可没有姐姐听话哟！"艾薇从来都不搭理她们，径直冲进屋里去。她讨厌姐姐的柔弱胆小，讨厌大婶们的对比。她想，我就是不乖，我就是比姐姐强大，我就是要和艾琳不一样！大一点儿的时候，艾琳还是不敢一个人睡觉。艾薇觉得她特别烦人，每天晚上都必须自己在身边才能睡着。于是她想了个主意，就是在临睡前给艾琳讲那些男孩子吓唬她的鬼故事。艾琳可不会像艾薇那样心里害怕却装作一副"这有什么"的大无畏的样子。她总是拼命地捂住耳朵，说我不听我不听，求你了艾薇，我怕。艾薇就说，好啊，除非咱们从明天起分床睡。艾琳望着坏笑的艾薇，半晌，点了点头。也许，距离就是从那时开始被拉开到天边的吧。十七年来，两个女孩都由着自己做喜欢的事情，从来没有深思过彼此之间的关系。她们只是冷漠地看着对方，不愿涉足对方的领域，给予对方以绝对的自由。她们表面上漫不经心，内心却小心翼翼。然而两个独立的个体，却从出生前开始就零距离，拥有一模一样的身高、体型、面容、上游的成绩。

　　自从艾薇那晚说了那句"像你这样柔弱的女子"之后，就隐约觉得不合适了。十七年来，她第一次有了这样的感觉。她觉得自己需要重新审视艾琳，重新审视自己，甚至重新审视她们的关系。怎样的感觉呢？大概就是，她们仿佛一夜之间都长大了，早已不是那两个懵懂得一无所知的小丫头了。每天面对着与自己一模一样的女孩，好奇心总是驱使着自己想要进入对方的世界。因为一样的与众不同。艾薇想，艾琳是长发，我是短发。艾琳喜欢轻音乐，我喜欢重金属。艾琳喜欢粉色，我喜欢黑色。艾琳喜欢独处，我喜欢和男孩子一起玩……切，什么嘛，完全相反的呀。然而，一件事情却让艾薇发觉了一些改变。那天下午放学，艾薇先回到家。正将书放到窗边的书桌上，忽然听见一群小男孩的嬉笑声："搭好了搭好了！快把它放进去！"艾薇从窗户向外一看，一群小男孩正七手八脚地把一只黑猫往一座摇摇欲坠的小石块房子里塞。那只黑猫又瘦又小，灰灰的毛乱乱的，被吓得怪叫着，直往外溜，小孩子十几双小手围堵着它。如果房子倒了会砸死小猫的！艾薇想到这里，想要大叫一声将小孩子们赶走，又怕小孩子会连小猫一起抱走。情急之下，她欲冲下楼去，却突然看见艾琳正朝这边走过来。艾琳看见了那一幕，赶紧不顾一切地冲向小猫，还一边尖叫着："小布！原来你在这里呀！"她冲到快要倒掉的小石块房子前，抱出小猫，放在怀里不住地抚摸着，嘴里还旁若无人地念念有词："小布乖啊，我还以为你丢了呢！别再乱跑了啊！走，咱们回家！"那群孩子愣在一边看着她，谁也不敢上前质问，也许还没明白过来吧。艾薇靠在窗边看着艾琳，酷酷地笑了。过了一会儿，艾琳抱着小猫走进房间："你看，我刚在楼下捡到的。就叫它Black怎么样？"艾薇愣了一下，然后笑着点点头。Black，黑色，艾薇最喜欢的颜色。原来，柔，但并不弱啊。给小猫洗澡的时候，艾薇竟然也来帮忙。看着她脸上温暖的笑意，听着她快乐地叫着Black的名字，艾琳的心里真切地感动着。

　　转眼间就到了暮春。一个晴天的体育课上，艾薇依旧穿着运动服混在一帮男孩子里打篮球。艾琳坐在树荫下听音乐。听了一会儿，她掏出MP3按了next键，液晶屏上的"班得瑞——山涧"变成了"绿洲乐队——The Shock of the Lighting"。瞬间，整个世界都响起了摇滚。狂热的，不羁的，涅槃般的，夹杂着一点点悲伤的摇滚。艾琳忽然明白了她们的不同。她喜欢轻音乐，温柔的；而艾薇喜欢摇滚，坚强的。她终于明白了艾薇的网名"末路狂花"的含义：绝路的尽头肆意开满了繁盛惊艳的花朵。那是一种凤凰涅槃般的风景，一种对生命摆出的大无畏的姿态。不过，现在，仿佛有种角色互换的感觉。以前她总觉得艾薇很man，现在的艾薇正在变温柔，而她，初涉摇滚，也爱上了摇滚。原本就应该是两个人所共有的事物啊。这时，艾琳隐约听见有谁在呼唤自己。她摘下耳机，疑惑地站了起来，看见篮球场上有男孩子正在朝她喊："艾琳——艾薇脚扭了——"艾薇跌坐在地上，强忍着疼痛被扶起来，嘴里还一直无关紧要地说没事没事。艾琳跑过来，却什么忙也帮不上，只能紧跟在一群人旁边向教室走去。放学了，艾薇照旧不要别人帮忙，固执地一个人走了。艾琳在通向校门的林荫道上追上了她。"艾薇……"艾琳有些上气不接下气，"我刚值完日，今天一起回家好吗？"除了偶遇，好像已经有很多年没有和对方一起回家了。艾薇有些惊异。但她仍然低下了头，淡淡地说："不用了，我自己可以的。你先走吧。"转身向林荫道的另一端蹒跚地走去。拒绝艾琳之后，应该是平淡的心情啊，为什么会觉得很累？而且……有一丝愧疚……是不是不适合这样了呢……艾琳望着妹妹纤瘦的身影离自己越来越远，没有离开。傍晚的微风渐次吹过林荫道旁的大树，发出轻微的声响。终于，艾薇停下了脚步。那已经是一朵云飘过之后的事了。她知道，艾琳还在那里。她知道。她终于明白了。她冷漠的脸上展开了如同蔷薇一样甜美的微笑。她转过身去，望着林荫道尽头的那个与自己无比相像的女孩。刹那间，艾琳觉得整个世界彻底改变了。她望着林荫道尽头的另一个自己，微笑着，一模一样的美好。"来来来，快来扶我啊，咱们回家！"艾薇笑着张开手臂。艾琳笑着冲了上去。

"艾薇，我关灯了哦。""嗯……姐，我们说会儿话好不好？""……啊呀，你这丫头怎么这么凉啊。""所以两个人睡比较暖和啊，嘻嘻。""哎，你的脚还好吧？还痛不痛？""不痛啦。你给我揉了那么长时间。""哦，那就好。哎，告诉你哦，我发现你还挺温柔的哦。""我发现你也挺坚强的呀！哈哈！""……我们都才发现……不过，这样的感觉真的好好哦！""嗯，我也这么觉得哎……姐，问你一个问题哦，你有没有喜欢的男孩呀？""呃……没有……""唉，你就是太冷漠了。""你还不是一样？上次我还看见你在楼下拒绝那个谁谁面无表情呢，冷漠哦！""可我的语言很委婉啊。你不知道，他可是天秤座哎，虽然和水瓶座100%般配，但我最讨厌那种花心男了！""呵呵，依我看啊，你还是喜欢那种天秤男，聪明阳光，八面玲珑，外表华丽……你表面上面无表情，其实是内心排山倒海却不想泄露秘密吧。""……你真行……""被我猜中了吧。""虽然如此，我可是很理智的哦，这个你也应该知道吧。哎？你这么了解，是不是和我有同感啊？""啊？哪有？！""不要瞒着我，快从实招来——""嗯……没有啦没有啦……"

Black静静地趴在窗台上，瞳仁深邃明亮，灰灰的毛也已经被富有光泽的黑色皮毛替换。它凝望着窗外美丽的星光，听着两个女孩子的呢喃细语，安心地睡着了。

一起长大的日子

程淼然

在人潮涌动的机场，莫小小朝着我和姐走来。她与离开时一样，扎着麻花辫穿着红裙，在人群里格外显眼。莫小小跳进我们的怀抱，说："姐妹们，我回来了。"

我们都能感觉到，某些液体浸透了衣裳。

记忆回到十三岁，那时情同手足的我们第一次因为相互不同的意见吵架。姐和我站在一方，而莫小小孤军奋战。姐和我支持我们心目中的偶像涵，但偏偏莫小小疯狂喜欢上了美国的歌手Taylor Swift。那时候，仿佛我们生活的全部内容就是为了证明给对方看自己的偶像有多么出色。终于有一天，莫小小在我和姐向她炫耀涵的专辑时大声地对我们喊："我要去美国！我要当美国人！我要让你们知道外面的事物永远比你们手头上的东西精彩！"

真的没想到，幼稚天真的小小真的在第二个学期就去美国了。走时，她只说了一句话："等着吧，我会以一个美国佬的身份回来见你们！"

我记得那天，她鲜艳的红裙子在阳光的照耀下特别刺眼。

2008年除夕夜，一个从太平洋的另一边打来的电话在我家响起。电话那头是莫小小，她在电话里吼："你们那边咋样啊，下雪没事儿吧？我在这边挺好的，别担心啊。"

然后姐就在旁边说："谁担心你了，真是的，你在美国没把我们姐俩忘了吧。"

电话里沉默了一会儿又传来小小的声音："没呢，我……我……我挺好的，就这样吧，你们没事就行，我挂了。"

那是小小出国以后第一次给我们电话，很短，但是我和姐都确信，小小说话间带了一丝孤单的味道。

彼时，我们十四岁。

5·12地震。

大清早电话就响个不停，听筒里小小的声音急促紧张："怎么样了，怎么样了，你们没事儿吧？我听说……"我发现我根本无法打断她，她不断地问我现场状况，让我第一时间把邮件传送给她，不断地问我和我的家人怎么样……反反复复，直到我强行放下电话。

外面的灾情还在报道，死亡和失踪的人数只多不少，我忽然很渴望小小在我们身边，因为我们似乎已经很久没在一起经历过伤痛与欢笑了。在这个国家需要力量的时候，在这个社会需要安抚的时候，我希望我们一起为死者祈福，为生者加油。

听着窗外淅淅沥沥的雨声，我想：有时候只要我们在一起，一切都可以变得很简单。

北京奥运会以后，小小久未更新的博客多了一篇叫《牵挂》的文章，其中有一段她写道：我以为我从不会后悔来这里，我以为我可以不去想他们，我甚至以为我能不回去。但是当发生雪灾和地震时我还是会莫名的心痛，为那些素未谋面的人悲伤。而当我在纽约时代广场看到北京奥运会圣火点燃的那一瞬间，我终于释然，原来我一直都很幼稚，我居然会因为想向别人证明某些事情来到美国，然后在这个对于我来说如空壳一般的国家牵挂着太平洋另一边的人和事。但是，我还是得感谢生命曾让我如此莽撞。正因为如此，我才明白友情的力量，国家的力量和牵挂的力量。在国外的这么些年，就当作是一次长途旅行吧，旅行的人终究是要回家的，我也会这样。

姐在下面留言：再远的路途也终会有目的地，再远的旅行也终会有返回时。当你明白一切的时候，回过头，我们在你身后。

2009年10月1日，也就是今天，我们三个好朋友终于在两年之后又相拥在一起。

晚上，我们像从前一样坐在沙发上看国庆联欢晚会，一边舔着雪糕。小小看得特别认真，到联欢结束的时候，她高兴得眼泪直流。我和姐看着她，但都没有说话，因为我们知道这是一颗年轻的心在经历了许多以后为自己的祖国流下的最真挚的泪水。

彼时，我们十五岁。在烟花把黑夜染成白昼的时刻，我们听着国歌一点点长大。

一辈子都混在一起

秣 然

你就这样踏上了通往南昌的列车，我固执地躲在家里不肯去送你，想看着你走，终究会有些伤感吧。虽说你会回来，可是一年的时间不能相见，对我们这对"青梅竹马"是不是显得有些长，我们从小长这么大还没有分开过吧？

我们是什么时候认识的？貌似从蹒跚学步就混在一起。然后读同一个小学，同一个中学，同一个高中，可是我们俩却从来没有被分到过同一个班级，可是这有什么关系呢？

在这个秋天到来之前，我从没想过我俩会分开，似乎我们都已经一点一点把对方渗透……早上一睁眼就可以看到那张大大的《Naruto》海报，是我俩一起去买的，镜子前有你给的发绳，脖子上是你选的吊坠，桌子上是你送的饭团笔袋，还有我从你那里掠夺的资料书、笔记本……最上面的本子里还夹着我们的大头贴！

我也清楚地知道，在你的家里，书桌上放着我送的丑丑的蘑菇笔袋，抽屉里有我送的水晶手链，我们的照片安静地躺在相册里，衣柜里还有一起去淘的"姐妹装"……噢，对了，你还可以在某几本资料书上看到我大大的签名！嘿嘿！

好像每一个角落都能找到属于我俩的记忆。可还是不够，我想留下的不止这些……你写的友情录，本来你是很不情愿的，你说，穿一条裤子长大的人还需要这个吗，你挨不过我的软磨硬泡，终究还是写了。你说，第一次见到你时，你在玩泥巴，你坐在你爸永久牌的自行车上又哭又闹，就是不愿意跟我玩……现在却变成了我的小尾巴，怎么都甩不掉……其实你不过是仗着比我大半年就一副老太太的嘴脸。

小时候我们把调皮捣蛋当乐趣，偷葡萄、装鬼的事都还记得吧，结果每次被收拾的那个都是我，很不公平不是吗？

还记得我俩一起骑自行车，我负责蹬，你负责掌握方向，就这点小把戏，我俩都高调得不得了，自以为是练杂技……一起去楼顶等流星雨，却由于记错时间等到眼冒金星也没看到……

长大后，我们不再那么皮，我们安静起来，开始懂得要顾着自己的学习。我们依旧在一起，一起上学，一起回家……高一下学期分文理班，我学文在十二班，你学理在五班，从此我总喜欢从教学楼的最东边走到你所在的最西边。当我抱着课本经过一个又一个教室的时候，我常常会想，假如我也选择理科，那将会是怎样的生活？

冬天的时候，下了好大好大的雪，整个世界都透着祥和的光芒。路边的树被大雪压得东倒西歪，无力地耸立着。是的，生在南方的我们没有什么机会见到这么大的雪，我俩手牵着手在路上小心翼翼地走着。不断地有人摔倒，我俩忍不住笑出声。我说，我要到北方去上大学，这样可以天天看到雪。你说，北方太冷还是我们一起留在南方，一起天天混在一起吧。

高考就这样过去，分数公布的那天，我坐在电脑前发呆，屏幕上红色的数字刺得我眼睛生疼，还一路蔓延到我的心里，不想见任何人，不想听到任何声音，但见到你的时候，我是笑的，那笑不是我强颜欢笑，而是真的真的为你，为你能去读大学，为你高兴。你知道吗？

在空间里，我写下这样一段话：看着刺眼的分数，不能接受，却又无可奈何，所以还得坚强面对。我做出自己的选择——复读。再拼一年，我要去一个陌生的城市，据说那里每年都考得很好。我不知道未来是什么样的。只知道那里看不到你温暖的笑容，知道那儿不会有你的陪伴，一切都要靠我自己。我知道会很累，也知道会很苦，但是请相信我会坚持走好这一年！

Please remember me, don't forget me.

我知道你一定看得到，也一定会为我祝福！我不知道明年的这个时候会有怎样的结果，但我确信我们一定还是可以粘在一起。我们要混在一起一辈子呢！说好了！拉钩上吊，一百年不许变！

听，海哭了

薰衣草的花语

那一年，我们都是父母眼中的乖乖女，老师眼中的好学生，但是，我们很清楚——我们都很叛逆，只是悄悄地，把这种无声的叛逆藏在心里。也正是因为这种"臭味相投"，我们成了知心朋友，成了死党，成了"铁哥们"、好姐妹。

然而，我们却做了一个大家都意想不到的举动。

那一年的夏天，你向我哭诉，说你失恋了。在那时，这是很痛苦的一件事吧。现在回忆起来，真是傻得可爱又可笑。

"我们去海边吧？"我拍拍你的背说。

你抬起哭红的双眼望着我，嘴唇轻轻颤抖着，说："好！"

我们并不在乎会被谁责骂，也不在乎会遇到危险，只是纯真地想到海边，吹吹海风，好好地放松我们的心情。

你拉着我到了你家，偷偷地从你的存钱罐里拿出一大笔钱。

然后，我们来到了车站。

似乎是很自豪地，你用依旧稚嫩的声音对列车员说："我们要去海边。"

列车员没有过多的质疑，每天有太多的乘客了，多得她辨认不出我们两个是迷途的孩子，多得她忘记用她的人性去考虑我们的安危。

周末，海边的人比平常要多得多。

我们不依不饶地、自私地执意要寻找一片只属于我们的海滩，即使走到很远很远，也要找到它。因为我们相信，它存在着，它一直活在我们心里，但是现在，我们一定要找出它。

终于，老天没有辜负我们的期望。

蓝蓝的天，蓝蓝的海，带着蓝色心情的我们躺在海滩上。

海浪时不时地冲击我们的小脚丫，我们忘记了一切烦恼，尽情地用海水泼洒在身上，快乐地露出我们灿烂的笑脸。

累了，就继续躺在海滩上，听海风徐徐吹过。

突然间，你的眼角旁又挂上了小小的、亮亮的液体。

你用很轻很轻的声音，喃喃自语："听，海哭了。"

我也在突然间无助。

你还是你，只是充满悲伤，充满让我读不懂的痛。

我不明白海为什么哭了，也不明白你为什么哭了，我只是默默地，默默地在伤感中体味这份悲伤。

"海哭了。"你再一次重复。

我不知道该怎么回答你，也不知道你的言语间带着怎样的情感，更不知道我该怎么理解你所说的话。

我想你是需要安慰的，我只好吞吞吐吐地说："该来的……总会来的，该走的……谁也留不住。"

你却在听到这句话后开始放声大哭。

我走到你的身旁，拍拍你的背，说："海在这呢，哭吧。所有的眼泪流向海里，以后，就不会再有眼泪了。"

"是吗？"你带着哭腔的声音牵动着我的心，"可是，它也哭了。"

"那它是在帮你呢。帮你把这种忧郁的心情哭掉，帮你把不值得你爱的人忘掉，帮你把一切发泄出来……"像是突然间迸发出来的语句，我木木地用心里想到的一切告诉你，只为了让你不再伤悲。

"嗯。谢谢……我真欣慰……能有你这个朋友……"你擦擦眼泪说。

"海天相交的那个地方，会不会是他们相恋的地方？"那时候，你又提出这个奇怪的问题，让我有些不知所措。

"应该会吧。他们的爱情，一定会很美丽的。"

"有一天……天爱上了海……可是空气阻隔了他们……他们无法在一起……天哭了……眼泪落进了海里……即使不能在一起……天也要把灵魂给海……从此海比天蓝……"你断断续续地说道。

"那海为什么哭呢？"我的疑问终究还是提出来了。

　　"我想……是因为……他也爱天吧……"你抬起头，望着湛蓝的天空，"天和海，似乎隔得很远，其实，他们每天都在对望……"

　　这时，我的眼睛也湿润了。

　　永远都会记得，曾经有个多愁善感的你，用轻轻的声音对我说："听，海哭了。"

离 歌

谢 桥

整理房间的时候，在抽屉深处发现了一个精致的小盒子，不过巴掌大，白底上撒满了粉色的小花，明媚得像是藏满了整个夏天的阳光。打开盖子，满满的一盒大头贴。照片里的两个女孩儿，微微并着头，笑得甜蜜而傻气，就像是两株相亲相爱、并蒂而生的向日葵。其中我最喜欢的一张，右下角有一只小猴和一匹小马亲密地依偎着——那分别是我和你的生肖。

照片里的我们，都是一脸的神采飞扬和张扬自信，宛如我们灿烂明朗的初中岁月，纯净得不染一丝阴霾。记忆翻腾暗涌，蜿蜒出丝丝缕缕的透明丝线，喧嚣着将思绪轻易拉扯回从前，那一段泛白的时光。

初次见面，我们都不过是十二三岁的懵懂少年，带着眉目间尚未褪去的稚气纯然，握着这所重点中学的录取通知书笑得无忧无虑，甚至不懂得为赋新词强说愁的悲伤。眼底写满了没说出口的豪言壮语，不懂得掩饰那些天真的轻狂。我对你说的第一句话是什么呢？是你好？还是，你叫什么名字？

是从什么时候开始呢？我们变得如此要好，尽管我们的性格是如此的不同。你总是用很不屑的口吻说我幼稚，却还是一次次地帮我下载我喜欢的动漫；你总是语重心长地叫我不要太任性，却还是在我心情不好乱发脾气的时候默默地听着我毫无头绪的牢骚；你总是嘲笑我走路一蹦一跳像只小猴子，却还是在我的每一个生日都为我精心挑选印着卡通猴子的贺卡和礼物。初中三年，你包容了我多少的任性和孩子气呵！可你从来都只是微微笑着，安静地听完我所有的天马行空和胡思乱想，并不言语。

那些冬日的黄昏，在做完值日之后，常常哆嗦着和你共用一个热水袋，然后手挽着手，跑出校门。天色微暗，华灯初上的城市，褪去了白天的喧嚣纷杂，有着熟睡婴儿般的静谧平和。远方有朦胧的雾气浮动，沉沉暮霭，点点灯火，仿佛暗黄书页上的一句古老谶语，静美诗篇，隐隐怅惘。嬉笑着冲到学校旁的奶茶店，各自买一杯温热的布丁奶茶，咕咚咕咚吞下，温暖舔舐着胃壁，杜果布丁淡淡的清香，是妥帖真实的幸福和满足。

也曾经和你合作排演课本剧，你负责剧本，我负责配乐。初赛那天，你站在台下龇牙咧嘴地提醒台词，我在后台手忙脚乱地调试着音响，忙得不亦乐乎。可是，最后我们班的节目依然惨遭淘汰。知道结果后，所有人都沮丧得不想说话。你一脸无所谓地安慰着我们，可我分明看见，你悄悄地转过头去红了眼眶。谁都知道，为这次演出付出最多的就是你啊！

你比我成熟，你比我理智，你比我冷静，所有人都这样说。但我知道，你大大咧咧的外表下，其实是多么的感性和细腻。我多想对你说，没关系，我们下次再来。可是我们都知道，那是不可能的了。很快便是初三，课业繁重了许多，所有与中考无关的课余活动都被取消了。但我们依然习惯在每天下午艰难的体育特训之后，一起来到奶茶店，将疲惫混入甜美的奶茶吞进肚子，看着彼此狼狈的样子笑得肆意张狂。无所顾忌的笑语跌落尘埃，碎成晶莹的一片一片，隐没了踪迹。那时的我们，都在为了中考体育的三十分奋力在及格线上苦苦挣扎，常常一圈圈绕着跑道跑得满脸眼泪，混杂着汗水，咸而苦涩。但是，因为每天傍晚时的一杯奶茶，幸福变得如此简单和悠长。

那些平凡却美好的日子，宛如一颗颗圆润的珍珠，没有璀璨夺目的外表，淡淡的纯白光芒却照亮了我单薄的青春。但是，是不是正因为那些相伴走过的日子太美太好，当分别以一种猝不及防的姿态汹涌而来时，才会变得如此沉重如伤？

中考之前，我们从未怀疑过未来与梦想的模样。年少轻狂，我们甚至理所当然地认为，可以一同去看高中部的凤凰花开。谁能料到呢？谁能料到呢？一向成绩稳定让师长放心的我，会意外地在中考考出一个令人不敢相信的分数。拿分数条那天，我死死地盯着那一行纤细的数字，一遍遍地看着，头晕目眩，不明白到底哪里出了问题。班主任略带怜悯地对我说："你的分数，可能会有些危险啊。"最喜欢我的化学老师走过，也遗憾地说我失手了。我紧紧地捏着早已皱成一团的分数条，勉强维持着脸上从容的微笑，不在那些同情抑或是嘲讽的目光中露出丝毫软弱，直到被你一路拽着，浑浑噩噩走进街角的麦当劳。

意外地，我并没有哭，只是茫然地与你相对坐着，彼此无言。面前的草莓冰淇淋融化成黏稠的液体，流淌着的红与白相互交织，惨烈决绝。麦当劳的冷气一如既往地开得很足，隔绝了屋外炎热聒噪的盛夏。却让我觉得，此刻空气已凝结成冰，而我是一尾被冻住的鱼，看得清方向，却无力游动。

很快，录取结果出来了。意料之中的结果，我以五分之差与高中部失之交臂。躲在房间给你打电话时，隐忍许久的眼泪终于奔腾涌出，不是为了即将到来的离别，只是为了我自己，从未想过的失败。初中时代获得的各种奖状和竞赛证书堆在桌角，刺眼的红色，仿佛亦在冷冷地嘲笑着我的自以为是。

暑假，我很少出门，也不愿说话，爸妈很体贴地选择了什么也不说。我即使依然习惯性地和你通电话，也总是任由沉默在电话线两端不安地蔓延。我终于意识到，原来，我们真的要分开了。

两个月后，我带着满心的不甘和亲友的叹息走进了现在的高中，而你，如愿以偿地踏入了高中部。两所学校，一所在城郊，一所在市中心，仿佛在暗示着，从此，我们将再难回到过去的时光。

而我们的友情，终究要在距离和时光的漂洗中渐渐淡去。虽然依旧常有短信来往，依旧会在彼此的生日送上及时的祝福，言语之间，却再不复曾经的亲昵和无所顾忌。偶尔在晚修结束后的深夜，会习惯性地转向左边，一声即将出口的"现在走吗"被生生吞下，冰冷的玻璃窗户倒映出我茫然无措的神情。贴在玻璃上的一抹单薄剪影，显得那么落寞。

我们，都回不去了。

很久很久以后，当中考失败的阴影逐渐平复，我终于可以平静地面对关于初中的一切。在一个百无聊赖的午后，我无意间看到了那本在毕业后才辗转回到我手中的纪念册，一页页掀过，意兴阑珊地看着上面的留言。那些大同小异的句子，究竟看得出几分真心？然后，闲闲地翻过一页，就看到了你送给我的留言——那是身为语文科代表的你，给我，以及我们的初中岁月最后的离别赠语：醉笑陪君三千场，不诉离殇。

我们都曾是彼此付出真心的工具

Moment

日子像旋转木马在脑海里转不停，
出现那些你对我好的场景

偌大的教室中，苏熠坐在董的后方，只是隔了两个座位。董曾粗略地估算过与苏熠之间的距离，大概仅有两米之遥。

董正在发愣，一个粉笔头砸了过来，董不用回头也知道是谁，苏熠总像个射击运动员，似乎不管隔多远也能遥控粉笔头不偏不倚地落在董的身上。

董回头，看着苏熠那张笑得夸张的脸，正准备开口说话，脸上的表情却越来越惊讶，最后演变成一声尖叫："不行——"

苏熠得意地扬了扬手中的报名表："写上了哦，女子八百米！"

"不要！"

"没事没事，写上吧！"苏熠歪着头笑了笑，然后装模作样地在表上填写着什么。

董被那个微笑弄得有些眼花：清晰的脸部轮廓，稍微偏黑的肤色，眼睛的光亮并没有被镜片遮挡，反而让人产生一种更加熠熠发光的错觉。怪不得叫"苏熠"呢。

八百米就八百米吧，苏熠似乎也有参加的项目。

同桌叶叶撞了撞董："你参加什么？"

"你呢？"

"女子一千五百米。"叶叶的神情很镇定，把一千五说得跟一百五似的。

"脑子有问题。"董的评论很一针见血。

"挑战呗。跑八百米需要速度，我想跑一千五应该需要耐力吧。我认为比耐力的话我还有赢的可能性。"叶叶摇头晃脑地说。

"那……我也改跑一千五得了。"董不假思索地说。

"苏熠！帮董改成女子一千五百米！"叶叶立马朝苏熠喊，丝毫不给董留考虑的余地。

"小董你脑子有问题吧？"苏熠有点不敢相信连四百米都没跑完整过的董能跑一千五。

董的心里有了小小的甜蜜，像一块糖，随着融化慢慢扩散，蔓延至心室的每处。痒痒的，暖暖的。他说的是"小董"呢。

"董，明天早上我们就开始练习吧。循序渐进，从跑八百米开始。"叶叶提议。

董点点头，觉得这种为了目标而奋斗的壮举特伟大。

早上的温度很低，呵出的气都能看到白色的升腾。

还没到八百米，董就累得上气不接下气，拼命嚷嚷着不跑了，然后丢下叶叶东倒西歪地往教室的方向移动。上楼梯的时候碰巧遇见了苏熠，苏熠看着董发白的嘴唇："怎么弄成这样？"

"跑步……"半个字都不想多说。

董深吸一口气，让心跳稍微缓了缓，以至于自己的样子不会太狼狈。

"哦。不碍事吧？"

董摇摇头，微笑着说："再见。"

苏熠犹豫了一秒钟，颔首，转身上楼。

董就傻瓜地看着苏熠的背面出神：落拓的肩膀线条，修长的手臂，体形是标准的倒三角形，很颀长很挺拔。

叶叶也赶了上来，撞了董一下，笑得非常暧昧："喂，看什么呢？"

董依旧看着前方，若无其事地答："发呆。"

叶叶拽着董的手腕："走，一起上楼。"

手腕传来叶叶手心的温度，董似乎恢复了一点力气，继续用力抬腿跨着楼梯。

经事实证明，小董是个"非常"有"耐力"的人，从只坚持练习三天跑步就可以看出这一点……对此，小董还振振有词："比赛的时候跑不动就走，走不动就爬，爬不动就滚，滚不动就挪，挪不动就蹭，如果连蹭都蹭不完——那就真的不跑了。"

苏熠对董的解释感到很荒唐，心里似乎对这个迷迷糊糊的女孩有点喜欢，还有，一些说不清楚的感受。

是什么呢。

半个多月后，运动会不紧不慢地到来了，叶叶因为体检查出心动过速所以不被允许参加长跑，结果就只剩董一个人跑一千五百米。

董知道这个消息之后，面无表情地对着一脸愧疚的叶叶说："你，去，投，胎，吧。"

女子一千五百米的预决赛定在上午的十一点，董特讨厌这个时间，因为这个时候操场上已经空了很多，但令董感动的是平时跟自己熟悉的朋友都留了下来。

叶叶在帮董戴号码牌，苏熠走过来，递来一杯葡萄糖："给。"

"比赛还没开始呢。"

"那也得先喝一点。"苏熠的口气不容置疑。

盛在杯中的葡萄糖很漂亮，晃痛了董的眼睛。董把杯子凑到嘴边，感觉到那甜甜的黏稠液体缓缓滑过自己的嗓子。

真的很甜，甜到让人口干，甜到让人心慌。

"你怎么还穿牛仔裤跑步？"苏熠无奈地说。

"我……我……对哦！我怎么穿着牛仔裤跑步？！"

苏熠立刻石化，在一旁的叶叶早已见怪不怪。

一声哨响，原本安排在各个跑道的运动员都向最里层靠去，董也煞有介事地往里面跑。结果由于一段时间没练习，堇大概只跑了三百米就觉得没什么力气了。堇顿时觉得特逊，可怜巴巴地望着陪自己一起跑的叶叶。叶叶则不停地为堇打气："小堇快想想我们训练的时候！"

那种三天打鱼两天晒网的训练还好意思想？！

又跑了一段路程，堇感觉自己的肺撕拉拉的疼，头晕眼花的。嗓子也像被谁扼住了一样，喘不过气来。到底跑了多少了，到底还有多久才能到达终点，谁知道呢。

自己现在的样子，一定很难看吧。就像一条缺水的鱼，大口大口地竭力地呼气？

堇的速度不可避免地慢了下来，由本来的慢跑转变成了"散步"。堇埋着头麻木地走，突兀地想到自己以前创造过的一个笑话：一只蜗牛超过了自己，还回头看了自己一眼。

堇想笑，却又没力气笑。可恨的幽默感。

第一名都到终点了，自己却落后整整一圈。

就在这时出现非常戏剧化的一幕：可能由于小堇落后得太离谱，导致裁判判断失误，因此可爱的裁判大人一边喊着"第四名到"，一边让人架走了堇。

苏熠在看台上看着堇，哭笑不得。

这丫头。

"苏熠在看你哦。"叶叶附在堇耳边说，呵出的气弄得堇痒痒的。

"他爱看谁看谁去，我好累！"堇违心地乱叫。

"才跑了一千一百米好意思喊累！"叶叶怒道。

"……"

苏熠走过来，递来一瓶水："需要吗？"

叶叶挡开苏熠的手："她刚跑完，别叫她喝水。"

"哦，那这个你先拿着吧。"苏熠微微露出尴尬的神色，但还是把水递到了堇的面前。

叶叶哼哼，说小堇你心里一定觉得很温暖吧。

温暖得快中暑。

还有力气开玩笑说你还没事。

你真是太了解我了。

……

教室里那台风琴叮咚叮咚叮咚，
像你告白的声音动作一直很轻

微机课上。

董争分夺秒地下载QQ，对于老师的强调充耳不闻。

"你看你，你看你！"辫子被人轻轻扯了几下，苏熠故作严肃的声音在空气的媒介下传入董的耳朵。

董正准备说话，苏熠又问："QQ号多少？"

董思维短路了一秒钟，随即几乎是本能地报出一串数字。

"算了，这样吧。"苏熠操纵着董的电脑，"查找"——"账号"，输入一连串数字后又点"查找"，然后点"加为好友"。董有些发懵地看着电脑屏幕，旁边就是苏熠的侧脸，操纵着鼠标的手指修长骨节分明。董有些紧张，但又得装得波澜不惊。

苏熠离开后，董把鼠标移到苏熠的头像上，苏熠的QQ秀就跳了出来。鬼知道苏熠的QQ秀有多幼稚，花里胡哨的背景里，一个男孩含着棒棒糖，哇哇大哭，眼泪呈夸张的抛物线喷薄而出。董顿时就有种想晕的冲动，随之心里的潜台词是，都叼个棒棒糖了还哭个P哭！

董淡淡地笑了，嘴角有了好看的弧度。她默默对自己说，只要苏熠跟自己说一句"我喜欢你"，她就毫不犹豫地跟苏熠在一起。

就算是，打发无聊的时间吧。

时间就这么一直晃荡着推移，董和苏熠也常常在QQ聊天，董是个很迷糊开朗的女孩，苏熠经常被她逗得在网络那头哈哈大笑。

直到有一天，苏熠突然一本正经地说："我发现了。"

"嗯？"

"我有一点点喜欢你。"

董看着屏幕上黑色的宋体字，心里有种说不出的感受。就像一个女孩一直抱着对童话的憧憬幻想，但某一天，童话唐突地变成了现实，女孩变成了公主，第一个感受应该不是高兴吧。也许，该是失落。

那种对童话幻想抱有的小小期待，也变得不值一提。

不过如此嘛。

也没有什么特别的嘛。

董有了一点点的难过，屏幕上又闪现出一行字："当我女朋友好不好？"

董把手指深深地嵌进了键盘，"e"，"n"，"嗯"。

屏幕上出现了一个笑脸，外加一朵玫瑰。

在此之前经历的片段，成为记忆里的一架红木秋千，晃啊晃，晃满了一整架的幸福。

你说过牵了手就算约定，但亲爱的那并不是爱情，就像来不及许愿的流星，再怎么美丽也只能是曾经

苏熠和董心照不宣地在一起，下晚自习的时候，他们一起回家。在昏黄的路灯下，十指相扣。有时白天他们也会一起走，但会稍稍保持着距离。

苏熠经常会在下晚自习时在冗长的楼道等着董。第一次在楼梯道撞见苏熠的时候董被吓了一跳。当时董正哼着歌，声音里充满感伤，弯弯绕绕，像一曲江南小调。

"你怎么……"董有些局促。

苏熠笑，在微亮的楼道里显得很清朗。漏进来的光芒把苏熠愈发修饰得

像个干净的孩子。

苏熠向堇张开双臂，堇疑惑地看着他，可那一瞬堇竟恍惚觉得苏熠会是自己永远停靠的港湾。

"我……"

"来，让我抱抱。"苏熠的语气很宠溺，堇没再说话，轻轻地靠入了苏熠的怀中。

苏熠很高，堇把头小心地枕在苏熠的肩上，嗅到了苏熠白色衬衣上很淡的肥皂味道。

青青子衿，悠悠我心。纵我不往，子宁不嗣音？

苏熠沉下声问："小堇喜欢苏熠吗？"

堇点头，可就连堇都感觉不到自己点头的幅度。

苏熠笑，把堇搂得更紧一点。

堇的心跳得更厉害，她轻轻推开苏熠："我想我得回家了。"

苏熠点头，把手搭在堇的肩膀上："我走了？"

"嗯。"不知为什么，堇有点失落。这种失落越来越扩大，渐渐地把堇笼罩在了其中。堇试图找到失落的根源，但找到之后却不愿意相信这是事实。堇一遍遍问自己"是不是，是不是"，潜意识里的回答都是，"是。"

世界上最远的距离，不是生离死别，而是我们紧紧拥抱，心中却丝毫不喜欢对方。

就像是精灵住错了森林，那爱情错得很透明

堇和苏熠并排走着，夏日的阳光让堇觉得眼睛重得睁不开。

一只蝴蝶从堇眼前跌跌撞撞地飞了过去，堇往后微微退了一步。那是只粉色的蝴蝶，翅膀像一瓣轻巧的樱花。但堇只敢远远地观望这些看上去唯美实质上很恶心的昆虫。

堇突然想起一个如蝴蝶一样唯美的传说，一个人在死后会变成一只蝴

蝶，守护在自己爱的人身边，直到她重新找到幸福。

那，这只蝴蝶是在守护谁呢？

"喂，苏熠。"

"嗯？"

"我原来听人说，一个人在死后会变成一只蝴蝶，守护在自己爱的人身边，直到她重新找到幸福。很……感人吧。"

"你该不会相信这种俗套的'传说'吧？"苏熠的声音显得心不在焉，似乎还夹带着若有若无的讥讽。

堇的笑容凝固在嘴边，像是一个定格的镜头，然后被无限拉长。

堇说，"不，我相信。"

亲爱的，我们是如此不同。

堇和苏熠的相处几乎不表露在同学的眼里，顶多他们只看到苏熠和堇并排走在一起。

这天，堇和前面的一个男孩发生了一点争执，其实也算不上争执，前面的男孩拽散了堇的辫子，堇无意识中说了一句"想死啊"，然后那男孩就顺势抢过了堇的头绳。

堇可不想变成"疯子"，她用手固定着辫子，没好气地瞪着那男孩。

正好苏熠从她身边经过，堇用半开玩笑半当真的口吻朝苏熠嚷了一句："苏熠你看他欺负我！"

"他欺负你关我什么事？"

堇的心直落落地下坠，如果那是冷漠的口气，苏熠，我原谅你。

可你那口气中带着笑，漠不关己，如同一个无关的女孩对你说这句话时你的反应。现在，自己就像个一厢情愿自作多情的小丑，在舞台上夸张地向众人展示着自己有多么无知多么可笑。

下晚自习时苏熠依旧等着堇，看着堇下楼："走这么慢干吗？"

堇咬了咬嘴唇，从一开始到现在，跟苏熠相处应该快四个月了吧。

"哈，今天大熊跟我讲他为了他老婆戒网，我都笑死了……"

堇没心情听苏熠瞎掰，继续低头不说话。

"你怎么又不说话？今天最后一天了，别这样了好不好？"堇听不出来苏熠是以什么样的心情来说这句话的。

"什么最后一天了？"堇明知故问。

"一会儿再说吧。"

"现在就说。"堇心里想我非要听你亲口说出来。

……

不知不觉走到了堇家所在的楼梯道。

"现在准备说了吧？"

"我……"苏熠似乎在考虑着应该怎么开口。

"是'分手'吗？"堇问。

苏熠看着堇的眼睛，它们如平常一样干净。他甚至从那里面找不到丝毫的犹豫，不舍。

"你说，我是不是，仅仅是，为了让你忘记另一个人的工具？"堇的语气很淡定，像在叙述一个事不关己的故事。可堇真正的感觉，却像是一双冰冷的手覆盖在心壁上，那细细密密的疼嘲笑着堇，你仅仅是个工具，一个苏熠用来忘记另一个人的工具。

"对不起……"苏熠有些受不了这种尴尬的气氛。

"不，不存在'对不起'，我们扯平了哦。"堇微笑，语气里还带有令人心动的狡黠。依旧是那么漂亮的微笑，依旧是那么可爱的语调，可苏熠觉得堇像一朵罂粟，艳丽诡异地绽放着。妖娆，美好。

堇转身上楼，黑色如泼墨般湮没了堇的背影，像一场华丽的谢幕。

可是苏熠，你知道吗，你也是一个工具。一个用来打发无聊时间的工具。我们都一样。

认识你们，我倒了哪辈子霉

WMJ

一切的一切，从那时开始

新生军训后的联欢，当余晓晨静静地在台上哼唱着《遇见》的时候，苏婉就那样咬着珍珠奶茶的吸管傻傻地看着她，多么美好又清新的一个女孩子！白皙的皮肤，精致的五官，柔软的马尾，还有调皮地露在军装外的碎花衬衫和洁白领口。苏婉的目光一直跟随着余晓晨，歪着头看她走下台时斜刘海被风扬起的样子……"如果能认识这么可爱的女孩子该多好！"苏婉抻了抻擦汗擦得脏兮兮泛着白碱的军装袖口，喝了一大口奶茶，嚼着珍珠，有些羡慕地幻想着。

就是这么巧，开学后，苏婉和余晓晨成了同桌。当余晓晨眨着蝶翼般的长睫毛笑吟吟地对苏婉说"以后叫我小晨就行了"的时候，苏婉像小鸡啄米似的点着头，然后兴奋地说："我叫苏婉，以后叫我……"

"叫她破碗就行了，对吧？哈哈……"

又是这个阴魂不散的声音，苏婉郁闷地叹气。

初中整整三年，这个叫闫涵的家伙就一直坐在苏婉后面，三年的工夫，苏婉就那么看着他从一个胖墩墩的黑小子蹿成一个一米八七的小白脸，看着成绩单上他俩的名字在前两位不知疲倦地轮换着。每当苏婉听到不知情的MM花痴地对年级状元榜上闫涵的照片兴奋地比比画画时，她总是对身边的死党柴桑作呕吐状，然后从鼻子里哼几声再走开。没想到，上了高中，他们从前后位变成同桌，中间隔着余晓晨……

"你好，我是闫涵，以前是五中的……"苏婉又哼了一声。"看到美女态度就这么好，虚伪。"脑海里浮现出闫涵把自己的头发鼓捣成鸡窝时的那副玩世不恭的德行。

成了同桌，苏婉发现，她和余晓晨就像是两个世界的人。余晓晨的课桌上总是整整齐齐的，书包和笔袋都干干净净的。而苏婉的课桌上总是堆满了皱皮又卷角的书；早晨来上学，总是要在书包里摸半天才能掏出一支笔。每天她都把她那瘪瘪的书包扔到地上，这个踢一脚，那个踩一下，放学的时候还能找到就阿弥陀佛了。有时候苏婉闻到余晓晨身上淡淡的洗衣粉清香，再看着自己宽大T恤衫上一道道的黑色油笔痕迹，总会偷偷地自卑起来：为什么小晨的脸就像煮熟的鸡蛋清一样，而自己的脸上就总是冒出一个个小痘痘？为什么小晨的头发可以听话地垂在肩上，而自己的一头短发却没有梳利索的那一天……苏婉高高瘦瘦，白色运动鞋早就变成灰色了，总是穿着肥大的牛仔裤晃晃悠悠。这么个女孩子，乍一看说她是个男生都极度可信。苏婉可以想象到在班级门口看他们同桌三个的样子：一对俊男靓女再加上个脏兮兮的假小子。闫涵有时会笑话她，怎么不男不女的，起这么个温柔的名字？说着便会伸手揉乱苏婉的头发。苏婉这时会毫无风度地大叫让闫涵去死，余晓晨隔在中间，静静地含笑看着他们。

每天放学，同学都回家了，他们三个还是会在夕阳斜斜地投下橙红色光彩的时候一起解数学题。苏婉会因为一个公式和闫涵争得面红耳赤，余晓晨会静静地听着，偶尔点点头。学累了，最后解出答案的人就要请吃东西。苏婉总是不分季节地买雪糕请客，三个人就懒洋洋地靠在椅子背儿上边吃边有一句没一句地胡侃，微微闭眼，感受明艳而又不张扬的夕阳涂抹在皮肤上。窗外有高大的杨树，傍晚的风一吹，便会自在地摇晃着唱歌儿。听着树叶沙沙的声响，余晓晨认真地说，如果这是香樟树该多好！闫涵会笑着说，傻丫头，小说看多了吧！苏婉微微睁开眼睛，她猜，晓晨现在一定很热，要不然为什么脸红红的？那，明天请她吃更冰的冰棍吧！

苏婉有时会觉得，和余晓晨在一起，她不像面对闫涵和死党柴桑一样调皮自在。柴桑说，那是因为你太在乎晓晨了，也或许，是因为你们的心贴得还不够近。"管他呢！"苏婉想。她是粗神经，一根筋，遇到会拐几个弯子的事儿，才懒得去深考虑。她只知道，她现在很满足，她们几个分班后依然在一起，如果能平平淡淡地这样过下去，也是好的。这样就够了……

但是，十六七岁的天空，终究不会永远平淡。总是会有一场未知或是早已酝酿好的风雨，可能仅仅是一回首的瞬间，就泪流满面。

如果只能一个人离开

闫涵喜欢打篮球，总是大汗淋漓地回来。余晓晨早就细心地准备好了冰红茶和浸湿的白毛巾，闫涵就惬意地享受这小小的恩惠，开心地像个孩子似的给余晓晨讲他当天的战果，讲他打球时的趣事。这个时候，苏婉暂时被撂在一边，她会知趣地走开，闷闷地去找柴桑写数学题。她是看得出那两人眼里飞扬的神采的。写字的时候，苏婉总会气鼓鼓的，尖尖的圆珠笔几乎要划破作业本了。"没良心的闫涵。"苏婉酸溜溜地想。

闫涵的生日在元旦。苏婉想送闫涵一件能表达诚意又不至于太俗套的礼物，所以，秋天才刚刚开始，她就拉着柴桑，逛了一整天，买来一大堆的毛线和书，偷偷地藏在柜子里，每天等到爸爸妈妈睡着之后，苏婉就一个人照着书上教的样子，一针一线，挑灯苦织。她要织一条围巾和一副手套。一想到闫涵看到礼物后瞪大眼睛夸她变淑女的情景，苏婉总是忍不住要笑出声音来。只可惜她就是笨笨的，要么就钩出个歪歪扭扭的鼓包，要么就看不懂怎么织……"小女生的东西真是麻烦"，苏婉叹了口气，"还好提前了三个月，要不然我要织到明年了。"

圣诞节到了。虽然每天的日子都是一样的，但日子就是静悄悄地溜走，连留恋都来不及。很巧的是，圣诞节那天竟然纷纷扬扬地飘起了大雪，这让大家兴奋得不行。体育课，苏婉想拉着余晓晨去堆雪人，忽然发现她的手冰凉冰凉，就那么站在屋檐下不挪步。这时闫涵也来了。"破碗，打雪仗啊！……小晨，你……怎么不大对劲儿？"余晓晨摇晃了两下，突然扑到闫涵的怀里，瘦弱的肩膀无助地抖动着，哭声让人心里一阵阵地疼。

原来就是在圣诞节，也就是余晓晨生日那天，她的爸爸妈妈终于结束了断断续续十几年的争吵，办了离婚手续。爸爸走之前，用力地揽了揽余晓晨的肩膀，哽咽着说，"小晨，好孩子，要好好照顾自己，听妈妈的话，爸爸不能再……"他再也说不下去了。余晓晨一直紧紧拽着爸爸的衣角，看着爸爸放在地上的皮箱和机票。她不敢抬头看爸爸那无奈的神情，更不希望这一眼就会成为诀别。爸爸还是走了，轻轻地掰开了小晨冰冷固执的手，小晨还是一声不吭地低着头。当听到门"砰"的一声关上的时候，她突然疯狂地跑过去，使劲地用瘦小的拳头捶着门，哭得撕心裂肺……

苏婉在那一天才知道，这十几年来，小晨是在这样一个充满指责和争吵的环境下长大的……看着这个哭得肩膀一耸一耸的女孩子，苏婉的视线模糊了……闫涵的眼神从未这么朦胧和深邃过。"小晨，从今以后，我会保护你！"风似乎想带走每个字，让他的声音有些失真，但苏婉字字都听得清楚，像这冬天的雪，凉透了她的心。眼泪落下，无声地碎了。原来自己的心里，一直这么深地藏着这个玩世不恭的臭小子。苏婉一下子黯然……

元旦假日到了，闫涵的生日也到了。苏婉的手套和围巾，刚刚好在这一天织完。手套织得歪歪斜斜，围巾又窄窄的像条毛巾，但她还是欣慰的，毕竟，自己付出了这么多的精力才完成。闫涵，我要的不多，只希望你开心，开心就好……

苏婉到得有些迟了，闫涵家的门虚掩着，传出一阵喧闹。苏婉刻意地牵着嘴角，露出个自己都觉得假的笑容，准备冲进去像往常一样疯疯癫癫地把围巾围在闫涵脖子上。可是推开门的那一瞬间，她一下子变得不知所措，愣住了：眼前的余晓晨，一脸幸福地把一条宽大的围巾围在闫涵脖子上，而闫涵不好意思地挠挠头，笑了。看得出，那围巾也是小晨自己织的，白色和蓝色交织，闫涵最喜欢的搭配……

没有人注意到苏婉站在门口。她轻轻地掩上门，头也不回地跑下楼，坐在楼口的台阶上，流着泪把围巾和手套塞回了背包……她不知道自己坐了多久，只知道泪水被风吹干，睁不开眼。

手机响了，是闫涵的短信："到了吗？认识路吗？"苏婉静静地站起来，转身走进了附近的一家礼品店。重新挑了一个沙漏包好……于是，重新走上楼梯，推开门，像设想好的那样，大喊大叫地跑进去，牵着嘴角肆无忌惮地笑。这样，真的好累……

分蛋糕时，同学都起哄让闫涵和余晓晨一起切，闫涵笑着摇头，把切下的第一块大蛋糕给了余晓晨……苏婉一直后退着，轮到她，只剩下小小的一块。看着自己的蛋糕上"生日快乐"中的"快乐"二字，苏婉偷偷地转过身，眼泪滴在那两个红色的大字上。"闫涵，你知道吗？从你说要永远保护小晨那天开始，我就知道，在你面前，我不会再有什么快乐可言了……"

从闫涵家回来，苏婉拉着柴桑去了超市，沉默着，不停地往购物车里丢啤酒。两个人，就在柴桑家里，看着《不能说的秘密》。那是苏婉第一次喝酒。"我是小雨。我爱你，你……爱我吗？"当电影里的小雨泪流满面地用立可白在桌上写下这几行字的时候，苏婉的泪珠也不停地往下掉，掉在她手中已经捏得变了形的啤酒罐里。柴桑是聪明的孩子，也许，只有她，才注意得到苏婉黯然的眼神。苏婉倒在柴桑怀里，像个冻得发抖的孩子。她太瘦，柴桑抓着她的肩膀，能感觉到她突兀的锁骨。"小桑，你知道吗？我从来没有为一个男生这样哭过……我真没用，可是……我心里……真的好难受，真的……"苏婉抽泣着，断断续续地重复着这句话。柴桑紧紧地皱着眉头，眼泪吧嗒吧嗒地掉在苏婉的头发丛中……

也许只有漂亮又温柔的女孩子才惹人怜爱。也许我这只丑小鸭永远也变不成天鹅……也许……也许……也许我只能假装坚强。难道……我们之间，一定要有人受伤吗？可是，为什么这个人，偏偏是我？

我希望我们永远快乐，永远不分开……可是，究竟哪一天，我才能治好我自己？

幸福不曾离开

日子仍然要继续，只是，苏婉很少再拿闫涵开涮，她真怕自己不能抑制感情。那围巾和手套，还是留着吧，哪怕是当作一种寄托呢？

苏婉的生日在夏至。生日那天，她特地换上了干干净净的滑板鞋，和印着卡通图案的衬衫。她对自己说，不管结局是怎么样，长大了一岁，也是时候要改变自己了。

可是就是在她破天荒地迈着小碎步上学，而没有骑那辆满是泥巴的山地车的这个夏至，却不巧地下起了雨。苏婉只得把书包顶到头顶，狼狈不堪地一路跑到班级。一路上，她的回头率竟高达百分之二百，回到班，闫涵更是幸灾乐祸地跑过来："怎么，破碗扮熊猫？"苏婉一惊。原来，她早晨偷偷地拿了妈妈梳妆包里的睫毛膏，可能是没经验，刷得太多，再加上雨水的冲刷，这会儿，她的眼眶周围竟晕散着邪恶的黑色……看着身边狂笑个不停的闫涵，还有同学好奇的目光，苏婉心里不禁一阵委屈：这三个没良心的，不但不记得自己生日，在自己这么尴尬的时候也不来安慰两句……"想着想着，苏婉又哭了，发狠地用衬衫上洁白的小领带擦鼻涕眼泪，弄得上面的泰迪小熊面目全非。一边哭她一面恨她自己，这几个月怎么凭空多了这么多眼泪？……

这时，一只冰凉温柔的手把领带从苏婉固执的手中拽出来，紧接着，苏婉就那么木在那里，看着面前的余晓晨细心地用湿巾轻轻地擦拭着自己脸上雨水泪水和睫毛膏的混合物……那一瞬间，苏婉突然想起了她们一起在夕阳里解数学题的美好又单纯的日子。真的，让人怀念……

看来没人记得苏婉的生日。放学，苏婉终于趴在地上从一个同学的脚下抢救出了自己的书包，就是这两分钟的工夫，小晨、闫涵和柴桑都跑没了人影。苏婉闷闷地踢着石子一路慢悠悠地逛回家。到家的时候，天已经擦黑了。打开家门，苏婉发现他们一家人的拖鞋都不见了，多了三双眼熟的鞋子，屋子里也拉着窗帘，不开灯，漆黑一片。

"搞什么？"苏婉正纳闷，突然，客厅的角落里点亮了两把手电筒，映出了闫涵和柴桑调皮的脸。站在中间的是捧着蛋糕的余晓晨。三人满脸笑意地看着已经傻了的苏婉。"怎么？破碗，是不是很感动呢？这可是我想出来的哦！我们可是特地把你爸爸妈妈骗……哦不不不……请出去的哦！"苏婉愣了半晌。才终于从牙缝儿里挤出一句："哪有点手电筒过生日的？笨……"鼻子一酸，带着哭腔，似乎又要掉下泪来，不过忍住了。苏婉告诉自己，原来我是幸福的，一直都是……只是我放弃得太早。

愿望还没许完，闫涵就在苏婉脸上糊了一大把奶油。可怜这漂漂亮亮的一个冰淇淋蛋糕，还一口没吃，就这么被抹光了。当把苏婉的家被搞成盗窃现场之后，三个人留下三个盒子，齐刷刷地说了句"待会儿再看"，头也不回地跑了，留下无比郁闷的苏婉收拾残局。

其实，这样多好，像从前一样，无忧无虑地打打闹闹。

三个盒子，三件礼物，三张纸条。

小婉：你知道吗？你的阳光和热情给我带来了从未有过的快乐。在那样的环境下长大，我学得最多的就是察言观色，这样才能避免挨打挨骂。你是个单纯的孩子，藏不住心事的。关于闫涵，如果你理智一些，应该看得出，我们只是感情好得像家人一样，没有其他的。小婉，开心一些，不要因为这个并没有存在理由的理由而让自己生活在阴影里。你们都是我最好的朋友。我真的怀念我们一起做题的日子……可以吗？让我们回到过去……

晨

破碗：想不到，因为我的疏忽，而给你带来了这么多的困扰。小晨是我们的好朋友，我们要保护她不受伤害。至于我们……你真是个笨蛋……

涵

小婉：对不起，我把你这个秘密告诉了他们。因为我不忍心看着你一天比一天消沉。你每天都要面对他们啊！其实，当局者迷，我这个旁观者看得清清楚楚，闫涵真正喜欢的是谁，可能除了你自己，半个世界都知道了。小婉，不要再生活在自己给自己设下的阴影里。从明天开始，我要看到以前那个无忧无虑的你，好吗？

桑

苏婉这次没有掉泪，而是轻松地笑了，笑自己的幼稚，就这么自己折腾自己……打开盒子，闫涵送了她一条及膝的白色棉布裙子，有着俏皮的蝴蝶结；小晨送了她一双淑女凉鞋，小桑送了她一条水晶挂坠……三个人摆明商量好了，要把苏婉武装成淑女……这下苏婉哭笑不得了。

高三就这么轰隆隆地在他们的生命中碾过了。老师的唠叨，纷飞的卷子，沉闷的考场，一切全都随着一纸通知书而成为历史。四个人都选择去南方，那个有香樟树斑驳树影的地方。而那围巾和手套，终于在闫涵十八岁生日时，让苏婉红着脸为他穿戴好……

认识你们，我倒了哪辈子霉

苏婉生日又到了。那天下午，苏婉的手机被震得几乎要散架了。"三点，穿戴上去年送你的淑女装，屈臣氏里，不见不散。"当苏婉像做贼一样溜进屈臣氏时，一眼就撞见了围在一堆面膜前的闫涵、小晨和小桑。"要不，先给她补水？""是不是先美白比较好？""算了……她那张脸，先祛痘吧！"苏婉笑得一脸幸福，歪着头看着他们挤在一起的背影。有些无奈地叹气："认识你们，我倒了哪辈子霉？"

第三部分

向日葵上的阳光

　　我凝视着黄昏笼罩下的向日葵，它们依旧那么健康地舒展着枝叶，每一棵都自信地在微风里摇曳着自己的身躯。一种从来没有过的温暖感受顿时溢满全身，眼泪不由自主地夺眶而出，我狠狠地将这么多年来的不满、怨恨、厌恶都哭了出来。

　　"向暖妈妈，小葵愿意……"

　　向暖妈妈，小葵永远都会记得这个下午的阳光，这个下午的向日葵，这个下午的感动。因为我想让向暖妈妈成为我记忆里一抹永恒的阳光，因为我想让自己从这一刻开始，在时光的摇曳下，如同向日葵一样健康地成长。

——Tako《向日葵上的阳光》

写给我亲爱的那颗星

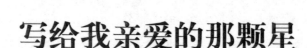

窗

还记得吗？那些年，穷得没米下锅的我们家，你总是把粥留给我，然后自己喝米汤，即使在地里干了一天活的你早已饥肠辘辘。你总是笑着说："小米，多吃点，好长高长大。"而我，从没察觉到你的饥饿，你的付出，以及你深深的爱。仿佛你所做的一切都是应该的，都是我应得的。

但是，你知道的，我喜欢和你在一起。我跟着你一起下地，一起放牛，一起去赶集，一起走亲戚，就像你的一条小尾巴。和你在一起的时候，我能感受到一种纯粹的满足与快乐。还记得那一年夏天吗？你骑自行车带我去赶集，我们仿佛两只自由自在的飞鸟，快乐，幸福。我抱着你的腰，贴着你的背，想象着你带我飞。

你知道的，我喜欢亲近你。喜欢帮你刮破手上那细细小小的痱子，喜欢帮你拔掉那恼人的白发，喜欢帮你捶背捶腰，喜欢抱着你说我离不开你。每当这时，你总是会略带羞涩地说："人小鬼大。"眼里满是深深的幸福。我知道，此时的你，是快乐的，所以，我也很快乐。我是那么喜欢亲近你啊，尽管你常常带着一身汗水与泥土的味道。

你总是那么了解我，知道我的每一件事。但是我却一点儿也不了解你。不知道你的病痛，不知道你的恐惧。现在的我，动用我脑袋里的每一个细胞，去想象你患病时的样子，多少忍耐，多少付出，多少担忧，多少恐惧。为什么你要选择一个人承受这些？我是多么的无知而迟钝！看见你消瘦的身子，看见你脖子上渐渐隆起的包，看见你苍白的脸，以及你一口一口地吐着鲜血，竟不知道你的身体正在衰竭！我恨我自己，竟然轻易地相信了你的话，你说你去过医院，医生说是小病。我恨那个你深爱着的男人，当我叫他带你去看病的时候，他爱理不理。我更恨你，怀着孕的你居然一次又一次地叫我去帮你买一毛钱一包的退热散！而许多年后，我才发现，它的包装上写着一行小字：孕妇忌用。节俭如你，当然舍不得花钱。但你知道吗？这会让我多心痛，多自责？多少次我在深夜里难过得睡不着觉，我甚至会想，如果可以的话，我情愿代替你去死！你知道吗？纵然失去整个世界，我也不愿意失去你。

我永远也忘不了，那一天，你坐在门前淘米，一股鲜血突然从你的大腿间流出。我恐惧、惊叫。爸爸把你送去了医院。过了两天，你回来了，只是，躺在了冰冷的棺材里，恶性肿瘤！

那一年，我十二岁，你放开了我的手，一个人走了。只留给我无尽的孤单与怀念，以及内心深处那一个永远鲜血淋漓的伤口。

我想去找你，就像六岁那年那样。你在离家四公里外的瓦窑里帮工，我想你了，就一个人步行了好久到你身边。那时还小，但我记得清清楚楚，你看见我的那一刻，骂了我，说我不知道天高地厚，要是遇上了坏人……然后你紧紧地把我搂在了怀里。你想啊，小小的孩子哪懂得这些？我只知道，我想和你在一起。可是现在，我去哪里找你？要自己一个人走多远的路才能走到你身边，抱抱你？

我相信人死了会变成一颗星星，在夜空中静静绽放。于是，在有星星的夜晚，我仰望着，寻你。可是满天的星星那么多，那么相似，哪一颗才是我亲爱的你？你能否像儿时我喊你那样，应我一声"在这里，妈妈在这里"？

冬天来了，你种的那棵梧桐树抖落了一身黄叶，像我失去了你的爱，颤抖在冷风中。但是我和它一样，会坚持走下去，等待下一个春季。生活还是要继续的，不是吗？只是，我又想你了，亲爱的妈妈，原谅我这一次软弱的哭泣。明天，我会擦干眼泪，微笑前行。因为你曾经给过我的爱，是我获取勇气的源泉，是我前进的动力。我知道，你已经变成了一颗星星，在天上看着我，我不会让你失望的。放心吧，妈妈，我永远记得，你说过，坚强的人最美丽。

左西右东

黯小染

一

七岁的那年，你的右手握着一个大型的棒棒糖，自顾自地舔。

我涨红了脸说："韩江你怎么不给我买？"

你低着头，左手背在背后，既像是在害怕，又像是在害羞。

那时候我看见你身后的夕阳散发出橙红色的光，像血液一样喷涌而出，那么温暖。好像你。

其实你已经习惯了我这样对你大呼小叫，但是在我记忆里，你对我从来都不反抗。

但是那天，你忘记了我的棒棒糖。

可你依然那么温暖。

我假装对你很生气，然后我说："韩江大坏蛋，我再也不理你了！"

你突然一下变得很着急，背后的左手"蠢蠢欲动"，你结结巴巴地说："左左，你别生气。"然后你把左手从后背伸到我的面前来，握着一个比你的棒棒糖更大的一个，你又接着对我说，"这个，是给你的……"

夕阳照得我的脸通红。如你一般，温暖如初。

我笑出了声，你也是。

后来我才知道，那时候懵懂的我们，其实天真得什么都不懂。

我们各自舔着自己的糖，在这份残余的，即将消亡的温暖的笼罩下并肩而行。

我对你说："韩江，我们去西边吧，我想去古董店。"

但你却摇摇头，说："不，左左，我们还是去东边吧，我想去书屋。"

接着我抛下你，自顾自地向西走。那时候，我想我是真的生气了。韩江，大坏蛋，你明明知道我喜欢去西边。和我的名字一样。左左，左边的意思，左西右东。你是个大坏蛋。

后来你没有追上我，也没有向我道歉说算了左左我陪你去西边，所以我就知道，你依然固执，就像我一直任性一样。

最后，我向西，你向东，我们各自相背而去。

左西右东。就像分岔的路口。

二

十岁的那年，你拉着我逃学。那是我们第一次那么胆大妄为，翘掉了班主任的课。

你拉着我的手，钻进了密密麻麻的草丛里面。那片草丛像是被闲置了很多年，我们走进去，飞起的满是尘埃。我不停地挥着手，向你抱怨说："你干吗呀韩江，这是哪儿啊？"

你做出了一个"嘘"的手势，很小声地解释说："左左，这是小路，我们得从这儿出去。"你继续拉着我前行。

很多时候细小的尘埃进入了我眼睛里，弄得我生疼，那个时候我看不清你，我觉得我从来都没有将你看清过，那种感觉很陌生，陌生得让我产生了那么厌恶你的错觉。你怎么会离我这么远呢，韩江，远得就像此时此刻前行的只有我一个人一般。是陌生，也是孤独。

我挣脱开你的手，停下来，你也迷惑地回过头来看我，我一边用手揉着眼睛一边对你说："韩江你疯了吧，这是班主任的课，你不怕那女魔头打我们吗？爸爸妈妈肯定饶不了我们的。"

你说："没事儿，不怕，左左，如果真的那么糟糕，我来替你挨打。"

然后我就哭了。

"不准，"我说，"韩江，我不准。要挨打我们一起挨！"这句话，是我用吼的，把你吓了一跳。

你站在原地愣了很久。没有劝我不哭，也没有说算了左左我们回去吧。

很久你才开口，同样结结巴巴地说："左左，我……"没有说完，又转过身去，急促地前行。我看着你前行的背影，怯怯地倒退了两步，转过头跑回了学校。

这一次，我仍然选择了西边，当你正往东边前行的时候。

对不起，韩江，我怕挨打，我怕疼，真的很怕。

所以，我只能选择西边。左西右东，如同我的名字。

最后，韩江，女魔头真的打你了。我是不是应该挺身而出对她说"老师，要打请将我一起打吧。"

可是，很抱歉，韩江，我不能那么做。

我似乎永远只能站在与你相反的方向，好像我向西，你向东一样。所以，韩江，请不要叫我左左。因为，左西右东，就像分岔的路口。我已经受够了。

三

十五岁的那年，我们考上了不同的高中。

你考上了最好的学校，而我，考上了最不好的学校。

我知道你依然像曾经那样固执，我也一直如此任性。就像毕业的时候我对你说："韩江，这次我们走西边吧。"

那时候，夕阳已经落山了，连残余的温暖都没有，温暖已经死了。可是我知道，只有你的温暖不会死。

十五岁的你长得成熟了些，至少，已经比我高出了半个头，声音变粗了，有些短短的胡须。你用右手的食指靠了靠嘴唇，说："不用了左左，我走东边。"

我笑着说好。

然后我们彼此转身，我听见你向东离去的脚步声，那么干脆利落，不留痕迹也不留回音。我向西，你向东，如此而已，正如我的名字，左左，左边的意思，左西，右东。

所以，我总是在你相反的方向。

但是，韩江，你不知道，又或许你早就知道，当你转身离去的时候，我终于选择了静静地转向和你同样的方向，踏上了太阳每天都会由此升起的东方。韩江，我一直，都跟在你身后。你走，我便走，你停，我便停。

只是，我再也不能像以前一样，让你知道，我存在于你的身后，静静地跟着你。

左西右东，就像分岔的路口。

可我知道，只要我踏出一步，它便再也不复存在了。

向日葵上的阳光

Tako

　　孤儿院的大门是朝东的，因此确保了我们能在新的一天来临时，第一时间触碰到那一束柔和温暖的阳光。

　　孤儿院的院长是一个三十出头的女人，她有一个美丽的名字——向暖，也有着一张精致无瑕的脸孔，无时无刻不在微笑着。她是如此平易近人，对待院里的孤儿们，永远像母亲一般慈爱体贴。因此，每个孩子都喜欢唤她：向暖妈妈，因为"妈妈"二字，总能带给他们一种不一样的温暖与慰藉。

　　而我，却因为她有着一张与那个将我遗弃的女人相似的面孔，而拒绝接受她的关爱，也未曾叫过她一声"妈妈"，不仅因为她并非我的生身之母，更是因为"妈妈"二字带给我的是一种冰冷的伤痛。我永远都无法忘记七年前那个绝情的背影所带给我这些年来的撕心裂肺。

　　午后的阳光火辣辣地烘烤着大地，街道只剩寥寥无几的人影。当时年仅五岁的我被抱下令人窒息的车厢，然后被汽车尾气喷了一身灰地被遗弃在孤儿院门前。

　　当时孤儿院里的向日葵开得正欢，金黄色的花瓣在阳光下显得更加耀眼明媚。我呆呆地注视着这一片灿烂的花丛，不知道是该前进，还是后退。而那一刻，稚嫩的我却早就意识到，这将会是我以后的家，我以后的家——会有大片大片的向日葵。

　　向暖阿姨就是在这个时候出现的，她带着些许惊诧又带着些许明白地从院里缓缓向我走来，温暖的笑容从远而近渐渐清晰。她半蹲着抚摸我的头发，轻声地询问我的姓名。我却只是一声不吭地将目光定格在开放得正绚烂的向日葵中，向暖阿姨顺着我的目光望去，沉默了片刻，转过头对着我笑得很灿烂，柔声说道："从此以后，你就叫作向小葵吧。"

　　我回过神来，看到的却是她那深邃的眼眸以及温暖人心的笑容，于是我的心深深地陷了进去，深深地依赖上她的一切。只是我不想承认这种依恋，更不愿承认我爱上了这个与我母亲如此相似的女人。

所以，我一直刻意地拒绝她给予我的温暖。

同时我还拒绝与其他小朋友嬉戏玩耍，拒绝红十字会的叔叔阿姨真切的关怀，拒绝看到其他小朋友找到了爱他们的爸爸妈妈，拒绝接受别人施舍给我的糖果……我成了孤儿院里最具"抗争精神"的女侠，所有小朋友都带着他们的敬畏，渐渐远离了我。所以每时每刻，我都会觉得自己是这个世界上最孤独的人。

今天，是我第二十二次和小胖打架了，那是因为他今天是第二十二次叫我"臭脸八婆"。我听后立马从凳子上嗖的一下跳起来，上前就是一拳。他捂着鼻子暴跳如雷，于是冲了过来和我厮打成一团。我狠狠地掐他、踹他，一边揍他还一边大声骂道："我打死你！我打死你！我打死你这个嘴巴闲着没事干的家伙！"

后来是向暖阿姨赶来将我们拉开的。小胖和我一样全身伤痕累累，只是他的脸上挂满了泪水，而我却是继续恶狠狠地瞪着他。向暖阿姨看我一脸恨恨的表情，摇摇头轻声叹道："真是一只倔强的小野猫。"

替我上完药后，向暖阿姨牵着我走到院子里，她本想抱着我坐到长藤木椅上，可是我非常不愿意与他人这般贴近，所以拼命地想要挣脱掉。向暖阿姨有些生气，提高了音量："向小葵，别再闹了！"也许是第一次看到向暖阿姨生气的样子吧，有些惊讶又有些害怕的我，不一会儿果真依偎在她怀抱里一动不动。

"其实，阿姨也没有爸爸妈妈。"

听到这句话时，我吓了一跳，转过脸惊讶地盯着向暖阿姨看。

她却朝我轻松地笑笑："小葵，你可知道阿姨为什么这么喜欢你？"

我轻轻摇头。

"这是因为我在你身上找到了我当年的影子——倔强、不服输。"向暖阿姨轻轻地握住了我的双手，贴近我的脸颊，"当年看到院门前站着的你，竟让我仿佛看到自己当年被抛弃后那个充满疼痛的场景。我们一样，即使在被遗弃的那一刻都不肯流泪，因为我们的骨子里都生长着一种叫作'倔强'

的东西。其实，如果当时我们能将自己的倔强放下，狠狠地哭一场，或许我们的眼泪就能挽留那个背影，也不至于会永远失去她。"

"可是，我并不爱她，那我也没有哭的必要呀……"

"每个倔强的孩子都会这么想。但是阿姨要告诉你的是，虽然选择倔强也会意味着我们在无形中选择了用很长很长的时间去恨一个人，但是我们不知道的是，其实上帝还给了我们另一个选择，就是放下一切怨恨去爱，"向暖阿姨伸出右手指着那一大片一大片的向日葵，"所以，我在院子里种下了好多好多向日葵，为的就是希望这些受伤的孩子，能在爱的灌溉中如同向日葵一般乐观向上，永远朝着太阳的方向成长。"

"所以向暖阿姨，你就是因为这样才会像我们的妈妈一样如此爱护我们吗？"

"对，我想要付出自己全部的爱来代替你们父母这些年来对你们的亏欠，即使我的力量是薄弱的，但我依旧坚信，只要我真心地付出了，孩子们总有一天都会懂的。那么小葵，你是否愿意做一棵永远朝阳的向日葵呢？"

我凝视着黄昏笼罩下的向日葵，它们依旧那么健康地舒展着枝叶，每一棵都自信地在微风里摇曳着自己的身躯。一种从来没有过的温暖感受顿时溢满全身，眼泪不由自主地夺眶而出，我狠狠地将这么多年来的不满、怨恨、厌恶都哭了出来。

"向暖妈妈，小葵愿意……"

向暖妈妈，小葵永远都会记得这个下午的阳光，这个下午的向日葵，这个下午的感动。因为我想让向暖妈妈成为我记忆里一抹永恒的阳光，因为我想让自己从这一刻开始，在时光的摇曳下，如同向日葵一样健康地成长。

前　兆

绿　桐

这个冬天是多情的，偶尔遇到一个人，却是冷冰冰的。停车场里的车都是一排排的，人都是匆匆的。

天不总是蓝的，人为什么变得伤感了。

彼时，是转学生新来的季节。夕阳的微光打在男孩身上，看着他清瘦的侧脸，我愣了。半晌，响起稀落落的掌声，我跟着鼓掌，一边回过神儿来。

课间休息同桌还在啃书，全班第一不好当。仿佛传染一般，我话也变少了，也总是捧着书。

坐在前边的民民同学瞄了一眼，"给我看看，"扯了过去，"唉，你怎么还有时间看闲书啊。"连话都懒得讲，一言不发地继续看我的闲书。同桌是"一心只读圣贤书，两耳不闻窗外事"，眼睛自始至终没离开过书本。

班长游荡在教室里，准备着活动的事。谁有那个时间参加，书都看不过来。班长仍是不辞辛苦地当着班长，她说毕业以前再在一起搞个活动算作纪念。问到我们这边时，我摇摇头，同桌也说不想去，前桌的民民同学凑过来咨询活动的事。班长似乎生气了："是不是同学啊？"然后无奈地走开。

刚转来的男生坐在后面，挺安静地看书。

我盯着书本。

试卷发下来是一张张的，到了我这成了一卷卷，不会做，先搁着吧。同桌很快速地做完了，脸上没有半点表情。

什么时候天都是灰蒙蒙的，下了雨，更是朦胧。我拿了伞就要往外走，一眼看到转来的男生在走廊上等雨停，径直从他身边经过。他叫住了我："同学。"尽管我不十分确认是我，还是反射般地回头。他向我笑笑，然后说："你能不能帮我一下，我宿舍在那边，很近的。"说着指了指一栋楼。

一路无语，直到他说："谢谢你。"就跑进楼里。

我和他，并没有熟悉起来。生活继续，学习，也不能停止。

而止步不前的，是我的成绩。我几乎已经麻木，接过一张张成绩单，现在轮到我面无表情了。其实，心里还是挺难过的。毕竟，我也有梦想，也有想去的地方。也有对未来的憧憬。

同桌的梦想，和她的成绩一样高，让我满心佩服。她想到那个繁华的地方上大学。偶尔，她会愁一愁，说："我有点担心我考不上。"我鼓励她："没事，你一定可以的。"可是我呢，我可以吗。总是在心里问自己一句。

我的梦想不算太遥远，只是想去那个秀美地方，看冬天是不是一样冷，天是不是一样灰，人是不是热情似火。

没想到他成绩挺好的，有点意外。

日子越过越紧张，老师偶尔提问到我，我吞吞吐吐地，硬是从牙缝里挤出一句不甚规整的英语。老师说了句："好好努力。"第一次觉得老师这么可爱，终于不再板着脸了，说得不规整总比说不出强多了吧。我从此改邪归正，开始努力用功，闲书都放到一边，试卷也不是一卷卷的了。连民民同学都开始奋斗了，我总不能落后吧。

人一忙起来就忘了时间，日历上的日子就忘了勾。偶尔记起，时间又少了几天。不需要勾了，连黑板上的倒计时都有人忘记了写。

大概是好的前兆。

那些在香樟树旁的
黑板上数数的日子

银　银

高三的日子总是混沌而清醒。高中的课程已经学完了。按说少了预习和新课程两座大山，该轻松些才是，然而很难用语言形容这感觉，如果一定要形容，我想借一道菜名：重庆火锅。

妈妈和爸爸为了我高考双双从广东回来了，爸爸在县里化工厂找了份又累赚钱又少的烧锅炉工作。工资刚好够生活开销，关于我铺天盖地和巨额的教辅资料还要从他们多年的积蓄里拿。

我妈的手碰不得冰冷的水，她还是每天洗衣服，洗碗，买我爱吃的菜，把肉都夹给我，自己一大早起来煮稀饭，买包子，摆上桌子才叫我起床。临走时往我书包里塞牛奶，叮嘱我喝掉……那么多，我想拒绝，但张不了口。

精英班的竞争是激烈的，滚动制也非常严格，每个人的表情紧绷到肌肉萎缩，偶尔看窗外一些普通班的悠闲高三生，老师总说：不一样的志向，追求不一样的人生。

我不懂，我不懂到底是怎样不同的人生呢？

听说县里很多人都私下里请家教了，我想这是没必要的，是骡子是马就这样了，差的只是熟练而已。我不敢向爸妈说同学补习的事，他们一定会把我送去，浪费钱罢了。

班主任正在讲台上把她那"血盆大口"一张一合："经学校领导会议统一决定，清明节不放高三精英班的假，扫墓的事，父母去便是了嘛，为了高考，你们的爷爷奶奶在天之灵也不会责怪你们，等今年考上个好大学抱着录取通知书去告慰他们……"

已经两个多月没有一天完整的假期了。

回想起中考的时候，也是这样。

步履匆匆地走过校园主干道上时，我粗略看着长廊上新出的墙报，一块大黑板上偌大的字，距离高考还有六十三天。

有些愚昧和低级，怎么会是"还"呢？"仅"或"只"都好。

其他花花绿绿的长条没有在脑子里留下印象。

快进教室时，听见里面很吵，我小心翼翼地推门进去，班长正在讲台上柔弱地边跺脚边叫大家安静，我看了她一眼，她示意我快回到座位。

过道很窄，过去时我碰掉了好几本同学桌上摞的书，哗啦啦渐次下落的声音很是壮观，我想蹲下去捡，然而过道的横截面面积让我蹲不下去。只好匆匆说了句对不起回到座位。班上满满实实地坐了八十六号人，像现在这样吵吵着还真是件很可怕的事情。

"发生什么事了吗？"我坐下来边抽书边问同桌，"这么闹。"

"班长说周莉莉跳河了！"

班……长……说……周莉莉跳河了。我的表情和动作停下来。我花了一分钟来肢解每一个字又重新组合好，我不相信，又非常相信。

周莉莉是离我很远并与我没有任何交集的女生，但我是知道有那样一个女孩存在在第一排靠墙的角落的。好像有一次她告诉老师她想换换位置，老师说，你先坐下。之后上课，再之后没了。

周莉莉是有些幼稚的，当时我想。全班八十几号同学，能挤下就不错了，位置根本换不动，好位置上都是成绩好的，换谁都不愿意坐第一排墙角那个大半边黑板变白板的烂地儿。周莉莉那么矮，成绩又中下，舍她弃谁。

突然我想起，周莉莉是和我讲过话的，那句"邱千秋，你妈妈来了。"应该是她叫的吧。友好的女孩。

我突然想哭，抑制住了。

后来，上课铃响，老师按时进来，脸上有些悲情的样子，但还是叫了句，上课。

我心想，周莉莉你多不值，什么也改变不了，既定的课程和面孔，高三牢固的针和线合力把它们细致地缝制成片，坚不可摧。

中午下课前，天开始哭。

不过也可能早就开始哭了，只是我无意发现玻璃窗上附着一颗颗的水滴，极力覆盖严实的样子。

我一出校门，妈妈便迎上来，很激动地叫我的名字。然后抱怨门卫不让家长进。沉默了一会儿，又问："有个女孩儿跳河了啊？"

多嘴的门卫。

"嗯。"

"怎么说跳就跳的，父母辛辛苦苦拉扯到这么大多不容易，熬过了这半个学期，什么苦不都过去了吗，这让父母怎么办，小孩子，可惜……"

"妈，没您事。"我觉得妈妈完全是说给我听的。

听说周莉莉被捞上来时，很硬，口鼻腔出血，被泡得不成模样。

我只是愈加难过。

周莉莉的桌椅也被几个男生七手八脚地搬走了。

雨一直下。

所有高三浓重的暮气更加浓重，萦绕在头顶和心头，不肯散去。另一边楼下那块黑板还在我每天上学放学穿过两旁无数香樟树时叫嚣着距离高考还有几天。没有比这数字更能抒发情绪的了。它一向发挥着百年来加剧疼痛的催生作用。每个高三生心里都载满了悲壮和咸涩。

仿佛一切都难以沟通和交流了，成团成团的语言哽咽在咽喉中心。

和紫荆兔共享的时光

蓝筱苷

一

今年紫荆兔要上大学了，草佳帮紫荆兔提着大包小包呜呜地哭着送紫荆兔上车。

"好啦！傻丫头，哥国庆就会回来了，别哭了，快回家去。"紫荆兔疼爱地摸摸草佳纷乱的头发。

车远去，草佳踢着路边的石子一步步走回家，夕阳把她的身影拉得老长，东边的天仍蓝得特别透明，偶尔几朵碎小的薄云飘过。

二

紫荆兔原本不叫紫荆兔。那年草佳五岁，紫荆兔带她到公园里玩耍，紫荆兔摘下紫荆花的叶子做成两只兔耳朵偷偷插在草佳的辫子上。草佳知道后，很大声地哭了，于是紫荆兔为了哄她不得不把它戴在自己的头上，"你看，哥哥是不是很像紫荆兔子呀！"于是从此草佳就叫他紫荆兔。

小的时候草佳特别娇气，而且还特别霸道。紫荆兔每天打完篮球回来总是钻到冰箱里拿出可乐大口地喝。"不准喝了！这已经是最后一瓶了！这是我喝的！"草佳撅着嘴指着紫荆兔说。"凭什么最后一瓶就是你喝呀？""我不管！反正就是我喝！"草佳跳到凳子上把可乐抢了过来。紫荆兔无奈地说："这多不公平呀。要不，咱俩一人喝一口？""不同意！不同意！""那我就喝光它！"紫荆兔一把夺过来假装要喝的样子。"好啦！好啦！一人喝一口就一人喝一口。但我得先喝！"

草佳喝了两大口后递给紫荆兔，结果紫荆兔一口气全喝光了。惹得草佳趴在地上哭得爬不起来。

每天晚上，紫荆兔都会给草佳讲些吓人的鬼故事，而且总是把草佳吓得泪水盈眶。紫荆兔这时总会很得意地笑笑，这丫头真笨，自个儿编的也会信。

三

在草佳上初中时，紫荆兔把草佳带出去和同学一起吃夜宵。

在闹哄哄的大排里档总免不了玩点刺激的小游戏。玩剪刀石头布草佳已经输得罚喝了三杯糖水了，第四杯，看来又得喝了。紫荆兔夺过杯子，咕噜噜地喝了下去，"小孩别喝太多，不然夜里尿床！"

旁边的女生立刻起哄起来，"好关心妹妹啊！""草佳好幸福哦！""好羡慕你呀！"

草佳双颊微微发红，望着头顶的橘红灯泡，心里暖暖的，傻傻地发笑。

草佳谈恋爱了。妈妈很气愤，正和草佳冷战。

草佳坐在小溪边把脚丫子泡在溪水中，紫荆树被风吹得哗啦啦的。粉红的紫荆花掉落到溪中被水快速地冲走。

"哎，这次你是真的错了，还是快去和妈妈道歉吧。"紫荆兔不知何时已坐到草佳旁边。"你们相信我好吗？我喜欢他。"草佳的眼眶渐渐红了。"你们还是学生。"

"我要和他在一起。"草佳的泪水掉到小溪中混着溪水冲走了。一向乖乖女的她，很少和家人发生这种冲突。"哥，我离不开他，对不起。"草佳还是毅然决然地说道。这是从小到大，她第一次那么想关心一个人，第一次那么在乎一个人，第一次愿意为一个人做任何事。就算妈妈从此不和她说话，她也会坚持下去。

"走吧。""哦。"紫荆兔露出灿烂的微笑……"要是他通过不了我的考验，你们是无法在一起的哦！""你要考他什么啊？""你的生日。"

草佳看着紫荆兔甜甜地笑了。"告诉你一个秘密。""什么啊？"紫荆兔拿出钱包展开给草佳看。草佳失声尖叫："原来哥也谈恋爱了！"

"不准告诉妈妈哦！"

夕阳下，两个人的背影，手牵手，慢慢行走，远远传来开心的笑声。树，轻轻摇摆，想要装扮这一幅画面。

四

和紫荆兔在一起的日子，总是透着粉色般的甜与美。

谢谢你，从小到大给了我那么多快乐的日子，谢谢你，总是那么宠溺着我。在远方，你要去追求你的梦想，而在这块我们从小长大的地方，我也会很努力地追求我的梦想。

谁的温暖曾经来过

Stray

她用手指在车窗上蹭出几道印，透过洇开的水雾望着整个浓重的黑夜。大片又零星的灯火捏碎了揉进眼睛，仿佛顶着深沉的夜色张开闭合地呼吸。

车厢里几乎没有人，仅仅是车轮滚动的声音黏合着一点点细微得好像凭空捏造的生命活动，在黑暗的庇护下疯狂蔓延。

她低下头把下巴塞进衣领里，坐得更低了些。

她闭上眼，夜一点点深下去。

窗外是风不遗余力刮过的声音。

过了很久。车门打开然后有脚步声。她故意向外坐了坐，然后顿了顿又坐回去。不会刚好坐到这里的。她想了一下，换个姿势靠稳。

但分明听那脚步近了。

直到她感觉到冬天户外寒冷潮湿的气息。

她睁开眼。其实并没有在意是谁。她皱着眉头往里挪了挪。心想麻烦死了。

"——哦，是你？"

她终于抬头看向面前的人。应该是深色的羽绒服，一直裹到脚底。借着光可以看见和大众无异的妇女面容。

是哪个同学的家长吧？或者是水果铺的吧？还是父母的同事？

应该是熟人吧。

她于是含糊地"嗯"了一声。

女人笑眯眯地坐在她旁边："好巧。"

她有些不自然地侧了侧身。

她看见女人的笑容。实在是很温暖很亲切，亲切到跟整个黑夜格格不入。

"是哦，好巧。"

"才回家吗？"

"嗯。"

"上哪了？"

她是去了学校的，可话到嘴边，却换成了"呃，医院。"她抬起手腕看了看表，顺便露出针眼的痕迹。实际上这感冒，是刚刚痊愈了的。她只是想有人问一下"怎么病了嘛"。她好像很多很多年，都没有听过这样温暖的句子。她只想有人问一下。

女人的关心竟比她想的还要强烈。

"天哦，怎么啦呀！"

"其实只是感冒啦。"

"哦。那发烧了没呀？"

"没有。就只是……"她掩住嘴，煞有介事地咳了两下，心里像是要开出花来。

"哟，还咳嗽呢。阿姨这里有含片哦……咦，这里吧……"

她一下就怔住了。心里陌生的温暖忽地膨胀起来，碰撞着排山倒海。那种感觉就像突然被人前后用肘击了一下，所有的惊讶感动类似的心情就只能卡在胸腔而又甘愿地痛。眼泪一下就涌出来。

"喔……给。这个很管用的。咦，怎么了？"

"没，呛着了。这个……不用了吧。"

"拿着含一个。挺甜的。"她顿了一下接过。小小的玻璃瓶里像糖块似的含片。是会甜的。

"看看。得知道照顾自己才行哦。对了，没人陪你吗？"

她拿着瓶子的手抖了一下，然后一颗含片就跳出来滚到地上。她"呀"了一声，声音竟微微颤抖，像是短促地啜泣，然后眼泪就流了一脸。

女人慌了。

"没事没事，掉一颗就掉一颗呗。真没事。你看怎么哭了，怎么哭了呀。没事，真的没事。别哭了别哭了，哦，别哭了呀……"

她紧紧捂住嘴。那些感觉就像积攒屋檐滴水的竹筒，终于溢出来，然后一发而不可收。

女人又倒了一颗含片送进她的嘴里，然后把她揽在怀里。那样子，就像一个母亲，在爱护自己的婴孩。

她有那么一刻真的希望眼前的女人是自己的母亲。

谁都说"母亲"是最温暖的人；是会将孩子抱在膝上一遍一遍抚摸的人；是会在每晚孩子熟睡后还会多看几眼亲亲额头的人；是会看见孩子的好认真地夸奖的人；是会在孩子生病时紧张得手忙脚乱的人；是会常常陪着孩子，笑望着他做一切的人；是会无论孩子怎样，都只愿意将他看作自己孩子的人。

她也会想，幼时母亲也曾这样爱护过自己吧，也曾对自己温暖明亮地笑过吧。一如她无数次梦到的那样。

她把在手上摆弄着的玻璃瓶还给女人。

女人推了回去："不用，这个你留着，多含几次。"

她把瓶子握紧一些。

"马上到站了呢。"

"是吗……啊，挺快的呢。"

"嗯，真的挺快的呢。"她多想慢点呢，再慢一点。

"你也这站下哦？"

"啊，这是终点站啊。"

"啊。"女人认真地笑出声。

终于停下。车子好像也够疲惫，刹住的时候比以往拉出更冗长散漫的尾音。

慢慢走下车。

"阿姨再见。"

"嗯！小茜再见。以后有空到我家玩哦。佳琪也不知道学习，正好帮她补补！"

她突然站住，感到整个城市在她身后轰然塌陷。她几乎要尖叫着跳起来！那种疯狂撞击着大脑和肺腑的绝望和愤怒全都压在心脏的位置。她都来不及挣扎。

她叫她小茜。

她不叫小茜啊，不叫！真的不叫！佳琪？她不认识啊！不认识！

风抽过来。

原来那些关心那些温暖全都不是给她的！都不是！她的那些惊喜和感动全部都是无中生有自作臆想的！

就像太阳露出霞光万丈后的另一刹那，突然摆了摆手说，哦，对不起来早了，还是夜呢！然后整个投入更深沉的黑暗。

而被光照过的人们瞬间变得狼藉斑斑。就像进行了一场庞大而华丽的戏谑玩弄，然后被冠冕堂皇地篡改结局。

她捂着脸蹲下去，难过了好长一段时间。

冬季深夜的风依然是凉的。

如果抬头仰望，没有飞鸟的翅膀，没有闪耀的繁星。

却依然是精致华丽的姿态。

甚至有灿烂过的痕迹。

一场停不了的雨

柒雪未殇

心情像天气，哗哗地淌着水

好好的生活，硬是被我给折腾得乱七八糟。心烦意乱，连课也不想上了。如果我足够勇敢，定会逃课出去，遗憾的是，我还是习惯做别人眼中的好孩子，最后也只是在课堂上发呆，走走神儿而已。

下午六点多，窝在宿舍里看小说，沉浸在故事里，随着文字时喜时悲。此时，也唯有文字才能让我忘了身边的一切。吖吖的短信进来，声嘶力竭地朝我喊："你是不要我了吧！我很虚伪是吧！我很讨厌吧！怀念那些美好的时光。"惶惶不安，害怕失去，却也只能在沉默了十分钟之后悲伤地回她："我从来没有想过不要谁了，也从来没有觉得你虚伪过。生活在一个人的世界里，不去联系谁。沉浸在回忆里，一个人自娱自乐，像个傻子，却还是做错了。"

天气很潮湿，墙壁上又覆满了水珠，晶莹的，在惨白的灯光下发着冷的光芒。想起前几天在电话里跟一个朋友说，天气潮湿时瓷砖墙壁就会渗出水来，哗啦啦地往下滴，好像墙哭了。当时被他狠狠地嘲笑了一番，说："想象力还挺丰富的嘛，墙哭了？我看是你哭了吧？"现在，是谁哭了又有什么关系呢？反正我的世界只剩下难过在蔓延了。

"知道了吗？天气很潮湿，我的心也是。"矫情地给他传完这样一条信息，我把手机往床上一扔，收拾了衣服去洗冷水澡，告诉自己不要难过了。可是，天蓝色的盆底，那只胖胖的熊透过清澈的水给了我一个大大的笑，我却始终不能如它般勾起嘴角。

摔落地上的玻璃娃娃已破碎

从口语模拟考试的考场出来，便匆匆忙忙地奔赴和元博姐姐的约，却悲哀地发现，自己忘记了新改的密码，上不了QQ，只好给姐姐打了个电话，另申请了一个。

在等待姐姐的空隙里，跑去了原来的空间，惊讶地发现又有了许多新的留言，一页页地翻看以前写下的日志，重温那些温暖和感动。吖吖、秋秋、萌萌、荧琳、等待、爱霞……从2009年4月到2010年3月，这许许多多因为亲爱的小博而走到一起的人，这些亲昵地叫我"姐"的人，她们曾给过我无数的温暖，悉数留在了这儿，等我随时温习，随时拥抱。

打开吖吖为我设的主页，那个小小的杯子不停地向外喷着水，旁边穿心而过的箭头指向一行字："我与你，再也不能分离。"忽然有一种即将错失的慌乱。曾经以为会一直陪着我的温暖和幸福，似乎一下子就变得很遥远，不可触及了。

小树说，星期五下午放学后在我们学校门口待了十分钟，又灰溜溜地走了。又说，在贴纸相馆里泡了许久，原本一直想一起去照贴纸相的，但没有机会。很想很想问她，为什么到我们学校门口了却不进去找我呢？从北门到我的教室，只不过几分钟的路程，难道，真的如此遥远吗？终究是只选择了沉默。一座小小的县城，一中和四中，高三和高一，轻易地划分了我们的界限，就这么走失了，各自寂寞地生活在两端，相互温暖成了暗自神伤。

悄悄地落了泪。友情似乎是脆弱不堪的东西，一不小心便会如摔落地上的玻璃娃娃，破碎成片，无法修复。那些说着永不分离永生不忘的人，终究成了烟花，绽开一瞬的灿烂便消失得无影无踪，只余一个人怔怔地望着夜空失神。

窗外有一场停不了的雨

"喂，灭亡了吗？"

我已经不记得是这通电话里第几次陷入沉默，而他又是第几次这样问了。此前我们老嚷嚷着说无聊，在发呆，大熊拿我没办法，只好给我打电话，然而结果却是两个人抱着手机在两端一次次地沉默。很好笑的事情，接了他的电话却不想说话了，但还是固执地想要知道有一个人在陪着自己。

给他讲我和小树的故事，和苏苏的友情，讲那些莫名其妙的小别扭，小疏离。他说，不可思议。我笑："你是男生啊！"女生太敏感，一点点鸡毛蒜皮大小的事情都可以是逐渐疏远乃至不再是朋友的导火线，都可以是亲密无间与最熟悉的陌生人的转折点。因此，我常常把女生的友情形容为：一樽易碎的玻璃娃娃。因为太过莫名其妙，所以常人无法理解，所以他说："真小气！要是我肯定受不了。"

我说，"我的朋友要给我安全感，还要回应我的任性。一直是任性而骄傲的孩子，我可以接受朋友的拒绝可以接受她回答我一句相关的话，却无法坦然面对冷漠的理也不理。我知道这种想法很不成熟也很不真实，但我做不到改变，任性得不到回应我就没有安全感，心就会一直往下沉，往下沉，像是在无底洞中。"他就叹气："你果然是三年级的学生啊。"苦笑着，拼命摇头，即使他看不到。

起身，离开之前一直坐着的地方，以习惯性的小碎步慢慢走进雨里。一手握着手机，一手张开，拥抱这场已下了一整天的清明时节温柔而细碎的雨。暖黄的灯光里，小精灵们前仆后继地亲吻着我的脸，亲吻着我裸露的皮肤，凉凉的，冰冰的。努力地仰着头，还是有泪水一颗颗地砸在水泥地面上，绽开一朵朵小花。

我不知道他是否知道我哭了。记得以前难过的时候，就会给小树打电话，嘻嘻哈哈地狂侃，然后忘掉不开心的事。或者给吖吖打电话，不管我掩饰得多么好她都会知道我哭了，笨拙地安慰我说："姐姐乖，不要哭了哦，咱们不哭。"

现在，陪我聊天的那个人哪里去了？还会有谁在我耳边喃喃地说"姐姐乖，不哭"？只余我一个人在这空荡荡的夜里，面对着一场细小若无的雨，心里泪水肆虐成河。

你相信天空会破碎吗

执剑而歌

一

拇指点着笔杆向食指右侧一撮，圆珠笔便在手指间转了个圈，小然就这样一边转着笔一边打量着四周。教室里很安静，其他人都在认真地读着书或在纸上写着什么，若仔细地听，能听到文字在白纸上爬行时发出的沙沙声。看了一会儿，小然觉得无聊，便放下笔，转过头去用右手支着下巴，去看窗外的天空。

窗户的对面，是另一座高立的教学楼，小然的视线撞到上面沿着九十度角上升，于是她所看到的天空，也只是狭长的一片。或许秋天的缘故，天很蓝很蓝，没有一丝白云。如果把手伸到上面去，肯定会被染成蓝色，小然想。之后觉得这想法莫名其妙。

后来看天空也看得倦了，她便拿开支着下巴的右臂，轻轻碰了下旁边的潇潇，问他："哎，你相信天空会破碎吗？"

潇潇正低着头把一张图片放在薄纸下准备临摹，听到这个问题，抬头看了一眼小然，说当然。

"哦，"小然一下子来了兴趣。以前她也曾问过别人这个问题，他们不但不回答，反而说她的脑子有毛病，应该上医院去检查。

"那天空破碎时，会是种什么景象呢？"她接着问。

"天空破碎时，"潇潇皱起眉头想了三秒钟，"不就是下雪嘛，碎屑一片一片的，化作了雪花。"说完，他用左手展了展白纸，低头去临摹底下的图片。

这个答案让小然心悦诚服，她重重地点三下头，继续用左手支着下巴对着天空发呆。

小然除了发呆和胡思乱想，最喜欢做的事就是叠纸飞机了。她有一大沓好看的花纸，从中抽出一张放在桌子上展开，小心翼翼地叠，像折叠自己小小的梦。

等叠完了满满的一盒，她就会缠着潇潇让他陪她一起去操场放。潇潇总是先找出一些理由来装作一副不愿意去的样子。然后小然就假装生气。然后潇潇就赶紧赔不是，然后他们就一起高高兴兴地去。

操场的一角有一片废弃的篮球场，表层铺着裸露的砖块。由于长年的风吹日晒，砖块已经变成了浑浊的暗红色。球场的周围栽着两排挺拔的白杨。

他们在那里把包放到地上，打开装着纸飞机的盒子，一人取几只对着天空放。

这个时候太阳将落未落，西边大片大片的云彩被渲染成紫红色。风是从四面八方吹来的，夏天和秋天会吹得树叶簌簌地响，冬天和春天则吹得树枝乱颤。

小然仰头看着纸飞机在空中时缓时急地滑行，觉得它们像是有生命的精灵似的。要是我们也能像它们一样可以在空中飞翔，该有多好啊，她想。

旁边的潇潇正极为认真地对着天空放飞每一只纸飞机。然后面带喜悦之色地看着它们在空中飞升，若纸飞机在附近落了下来，他会赶上去，把它捡起来再对着天空放，直到风把它带到很远很远的地方。

小然记得潇潇仰头看着纸飞机时的眼光，总是特别特别明亮。

潇潇说，他再长大一些，就要像这些纸飞机一样自由地飞，不要受任何的约束。

那时他们已经放完了所有的纸飞机，他们坐在操场一旁高高的主席台上，一边有一句没一句地聊着天，一边用脚拍打着灰色的墙壁。

"一定要像它们一样，"潇潇微扬起头对着天空，眼睛中充满了憧憬，"要飞得很高，可以去好多好多的地方。"

小然扭头看着他，小心地问："那你可不可以带我一起去呀？"

潇潇转过头，想了想，说："好像不行。"

"为什么啊？"小然不解的语气中还带着几分着急。

"你爸妈不会同意的，再说……"潇潇用牙齿咬着嘴唇想着合适的词语，"再说我要带着你我就不自由了啊。就像，就像你把两个纸飞机叠放在一起，它们就不能飞得高了。"

小然低下头，神色有些默然。潇潇也不再说话，像是做了什么对不起别人的事。

这个时候太阳已经落了下去，四周的云朵正收敛着亮光，变得灰暗起来。

"那你要给我写信，"小然抬起头说，"把你遇到的好玩的事情讲给我听。"

"当然会的。"潇潇笑着说。

后来潇潇果然给小然寄来好多的信，还有好多的照片。那些照片是潇潇出去写生时照的，一张一张，在乱糟糟的草丛里，在清澈透明的溪水边，在峭立突兀的岩石旁，高高瘦瘦的潇潇随意地走着，不经意间流露出淡淡的笑容。

二

小然已经记不起什么时候开始有着各种莫名其妙的想法。正如她想不起来什么时候和潇潇同桌的。她只记得潇潇在这所学校里只待了一年。

那么，后来小然心想，应该是在高一的下学期吧。

是在一节自修课上，小然趴在桌子上叠着纸飞机，班主任忽然走了进来。小然急忙把纸往桌子底下藏。等她抬起头时，就看到了跟在班主任后面的潇潇，样子高高瘦瘦，头发很黑，眼睛很亮。

"我叫杜小然，以后你叫我小然就好了。"班主任刚走，小然就大大方方地对着这个新来的同桌自我介绍道。

"我叫林潇潇。"潇潇那时候的笑还有些羞怯，"你叫我潇潇就好了。"

小然看着他不无可爱的表情，忽然一笑。

小然发现潇潇是个沉默而安静的孩子，除了做功课，他大部分时间都趴在桌子上画画，有时临摹一些图片，有时画一些素描，都画得很传神、好看。

"潇潇，你将来要做画家吗？"小然有一次问他。

潇潇认真思考了一下，说不。

"那你干吗画那么多画啊？"

"这个嘛，我也说不清楚。"潇潇挠了挠头皮，"就觉得自己喜欢。喜欢画画。"说完笑了笑。

像个大人似的，小然看着潇潇的表情想。

那个时候，潇潇送给小然许多画，潇潇走后，小然把它们收集到一个盒子里，放在自己房间的书桌上。没料到后来那个盒子被妈妈当成废品扔掉了，小然大哭了一场，好几天都没和妈妈说话。所以后来，小然那里只剩下了一张潇潇的画，那是张秋海棠的画。潇潇画这幅画时，海棠还没有开花。

那盆花是小然的爸爸栽的，她把它带到了教室，摆在窗台上，对潇潇说，潇潇你给我的秋海棠画一幅画吧，我很喜欢秋海棠这种花。

潇潇说好啊，就怕我画得不好看。

104

不管你画成什么样，都是最好看的，小然笑着说。

然后两人一起会心地笑。

潇潇用自修的时间把海棠画完。把画递给小然，小然满意地看了看，把这张画夹在了一本书中。

那盆海棠小然并没有把它带回家，而是把它摆在了教室的窗台上。

后来，潇潇走的时候，小然把这盆秋海棠送给了他。那时候已经是深秋了，海棠已经开满了粉红色的小花，一朵一朵，很好看很好看。

三

校园里有一条长长的林荫道。两旁是高大的法国梧桐，硕大的叶片在风中摩挲，发出沙沙的响声。走在里面，闭上眼睛，可以嗅到潮湿而浓郁的草木清香。

小然喜欢在下午放学后到那里一蹦一跳地跑，潇潇跟在后面，背着自己还有小然的包。

每当有鸽群在空中飞过，小然就停下来，指着给潇潇看，然后两个人一起对着天空大叫。

那条路很长，小然以为她可以永远这样高兴地走下去。直到那个下午。潇潇说他又要转学了。

潇潇说他爸爸又被调到另一个城市工作了，很快他和妈妈也要去那里了。

小然听完一愣，之后两人都沉默地沿着长长的林荫道慢慢地走。

"你不去不行吗？"小然停下来，小声地问道。

潇潇慢慢地摇了摇头。

小然把食指伸到唇边咬了一下，很疼。最后她说，"你要是去了那里，别忘了曾答应我的事，一定要给我写信啊。"

潇潇抬头看了看她，重重地点了点头。

潇潇走的那天，天空一整天都阴沉着，他妈妈拉着一个皮箱走在前面，他背着一个小包，小然就抱着那盆秋海棠花默默跟在他身边。那时候海棠已经开满了粉红色的小花，一朵一朵，很好看很好看。

把行李放到汽车上后，潇潇接过小然手中的花，他低着头，说，小然你快回去吧，一会儿要下雨了。

小然固执地站着一动不动，他们默默地站在那里。路旁经过的人都用惊诧的目光看着他们。

汽车响了好几声喇叭，潇潇的妈妈催他快上车。潇潇抬起头对小然说，小然你快点回去吧。

小然用脚跺着地，说："潇潇你别忘了啊，一定要给我写信啊。"

潇潇点了点头，妈妈又催他了。潇潇向后不耐烦地一挥手又看着小然，说："你快回去吧，我要走了。"然后转身走了两步，又回头看了她一眼，跑进了车里。

等汽车完全消失在视野里，小然才转过身往回走。这个时候天空已经飘起了细雨，雨水一点一点打在小然脸上，很凉很凉。

后来小然每周都会收到一封潇潇写来的信，后来信件的间隔越来越长，后来就是高考，后来小然去了一个陌生的地方读大学，后来的后来，她们终于彻底失去了联系。

四

走出图书馆，风呼啦一声就迎了上来，吹得小然的头发沙沙地响。小然把手插到上衣的口袋里，缩了缩身体。

已经是十二月了，北方的冬天冷得要命。

走下台阶，小然抬头看了一下天，天色阴沉沉的，像在叠压着许多无法承载的往事。

远处，操场的主席台上有两个看来是附近家属院的孩子正坐在上面玩耍。小然觉得心中有什么一动，不知怎么的就跑到操场边，爬到球场旁的栅栏上坐着。

从各个方向吹来的风卷着残叶和纸屑呼呼飞扬，那两个孩子，却玩得很开心，全然不顾天气的寒冷。小然呆呆地看着，忽然会心一笑。

只是，只是，她想，他们在明年的春天，会在这里对着天空放飞纸飞机吗？

旁边有个男生经过，小然叫住他。那男生很奇怪地向四周看了看，走了过来。

"同学，我想问一下，"小然微笑着说，"你相信天空会破碎吗？"

那男生莫名地看着她，摇了摇头，走开了。

又有谁会相信呢？小然又紧了紧衣服，风一个劲地向身体里面钻。她扬起头，看到，远方的天空突然破碎，碎屑一片一片的，化作了飞雪……

我看着你眼里的世界

堕音

一

这里……是哪儿？

恐惧地惊坐而起，注视着突兀出现在眼前的陌生房间，脑海里只感觉到一片混乱。床褥间的味道虽然那么熟悉，但我敢肯定，这绝对不是我的房间！

清晰地记得，每个清晨醒来，第一个映入视网膜的就是那片房顶上的璀璨"银河"。那是用一大瓶一大瓶的颜料，近乎狂热地堆砌出的宇宙。而房间的四壁，应该是挂满了姚明、奥尼尔、麦迪等NBA球星的海报。还有自己的书桌，那里应该放着一张自己喜欢的女生照片，那个女生是……她是谁？为什么我会想不起来？为什么我的"银河"，我的海报，我的照片现在全变成了一片空白？

等等……

我又是谁？

二

漫无目的地走在大街上，望着穿梭的车辆、表情木然的人们，我一阵茫然。四周的影像是那么陌生，仿佛我从不曾来过这个繁华的世界，尽管在人群里，可深入骨髓的孤独感仍尖锐地刺痛我。谁能告诉我，这究竟是怎么回事？

"哥儿们，三对三——斗牛，来吗？"

"好啊，来就来！"

街道的中央广场有个篮球场，几个男生在热火朝天地玩篮球。我下意识地走过去，望着他们，脑海里迅速闪过了什么。我如同溺水的孩子发现救命稻草般拼命搜寻，一幕幕类似的场景在脑中划过——

"第五十七届高校篮球联赛开始，双方球员入场！"

"加油！加油！'誉外'加油！"

"安阳，传球给我……啊——"

"喂，你怎么了？你怎么了！"

……

这些是什么情景？篮球……我也曾像他们一样热爱篮球吗？那个传球给我的叫安阳的男生，那个在脑海中醒目的红色横幅上的"誉外中学"四个字……

难道与我有关？

三

现在应该要到放学的时间了吧。

我站在誉外中学的校门口，望着大门上那几个镀金的大字，心底涌出一股莫名的熟悉。我应该是在这里上过学吧，若没错的话，那个叫安阳的男生应该就是我的同学了。他一定会认识我！他一定知道我的身上到底发生了什么。

"叮咚——"

下课铃准时地在这一刻响了。人潮开始汹涌地往外涌动着，我环目四顾，希望看见那个在脑海里出现的身影。

他出来了！

一个一米八左右的男生醒目地从远处走了过来。他顶着一头略微遮住眉毛的短发，高耸的鼻子上还架着一副黑框眼镜，那副就算在打篮球时仍不会摘下的眼镜。一切和记忆里的影像一模一样。我全身的血液随着距离的缩短开始沸腾，身上的细胞似乎开始兴奋地叫嚣。一切开始顺理成章了吧，只要等他走近我，然后像老朋友般拍拍我的肩膀，笑着说，"嗨，XX，你怎么在这儿？"接着，我所有遗失的记忆便会如电影胶片般倒回。

六米，五米，四米……

我看见他望见我后笑了，随后轻快地跑来。我好像等着宣判刑罚的罪犯一样，紧张，又不安地期待，期待着那想象中熟悉的招呼。

"叫你在上面等我，怎么跑下来了？"

啊，什么？

只见他从满心期待的我身边掠过，拉起我身后一个女生的手，关心地问候着。我尴尬地转过头，看着他们牵起手向马路对面走去。没走几步，那个女生回过头，看了呆愣在原地的我一眼，"安阳，那个人你是不是认识啊？"

他也回头看了看我，轻敲了一下女生的头，彻底打碎我的希望。"从没见过，不认识。"

没见过……不认识？

他是叫安阳啊，他是在脑海的影像中传球给我的男生啊，他怎么能不认识我呢！

我迷茫地站在那儿，任身旁的人们来来往往。

我是谁？我到底是谁？

四

那是一个美丽的地方——白色的床单，白色的四壁，还有白色窗棂外一个穿着白色衣裙的少女……

"嘟呜——嘟呜——"

一阵刺耳的急救声将我从意识中的安静世界拉回了喧闹的现实。慢着，急救？

我想起来了。

那个白色的世界，应该是医院。

几经辗转，我来到了这个城市最大的一家医院前。这家医院其实就在誉外中学附近。在我踏入医院大门，见到里面的一草一木之时，已经完全确定——这里，我确实来过。可此刻，我又开始怀疑起来，因为我无法确定自己的记忆究竟是真是幻。若是真实，为何我的朋友却视若无睹？若是虚幻，脑海中的影像又在宣告它的熟悉。

穿过前院，我绕进连接前后院的雕木回廊。一个女生的影子浮现眼前——

"啊！"

"对不起，我不是故意撞到你的，你没事吧？"

"没关系……"

我……似乎在这个地方撞倒过一个女生，我小心翼翼地扶起她——然后……心脏在回忆的这一刻跳动得异常迅速，就好像那一刹那……就好像看见她的笑颜的那一刹那一样……

110

五

跟着感觉前进，在绕过回廊的最后一个转角时，眼前豁然开朗——温暖和煦的阳光透过树荫，留下了斑驳的树影；绿意盎然的草地在阳光的芬芳里，迸发着勃勃生机。阳春三月，草长莺飞，穿着白色病服的病人悠然地散着步。这里，就是医院后院的草地——

"我要成为一个画家，画下所有温暖的色彩！"

"我要成为一个篮球明星，像姚明一样去NBA！"

那个在风中和我一起大喊着梦想的白衣少女是谁？她不就是我在回廊上撞倒的女生吗？对了！我想起来了，她就是我书桌照片上的人！她现在在哪儿……她一定在这个医院的某处，她一定知道我是谁！

我满怀希望地转过身，走向住院部。只要能够找到她，一切就真相大白了！

"啊，你……"

一个从我身边走过的中年妇人忽然转过头惊讶地低喃了一声。我停下脚步，疑惑地看着她。她约莫四十岁，额前的发丝全部整齐地束到了脑后，高高地挽成一个髻，以至于凸显出了额前的皱纹。她就那么盯着我的双眼，泪水悄无声息地滑落。

"阿姨，您怎么了？"

"没，没什么，没什么。"她慌张地抹去泪水，不再看我，匆匆转身离去。

她见到我为什么反应这么大，难道她认识我？我迅速回头，却发现她的身影消失在回廊。

"阿姨——"我正欲上前追问，一个亲切的声音在身后响起。

"音——"

音，是谁？

"音，是你吗？你已经康复出院了啊？"

回头，一个带着笑容的护士小姐出现在我面前。这一刻，我突然发现心底的一个旋涡在扩大。"请问，你是在叫我？"

"是啊。"她点头。

"我……叫什么？"

"音啊，208号眼科病房的女生！我其实就是一直负责你的小诗姐，不记得我的声音啦。你现在的眼睛已经能够看见了吧？"

六

泪水，开始决堤。

抚摸着光滑的镜面，看着镜子里那张陌生而熟悉的女生面容。一切终于明了。

原来，我是音。我就是那个在回廊里被撞倒的女生，我就是那个大声喊着要成为画家的女生，我就是那个放在桌上照片里的女生，我就是那个从小双眼失明，只能在医院接受治疗的女生！而我脑海里的一切残留影像，都是你的……我所回忆起的，原来都是你眼中所看到的世界！

为什么？为什么你得了脑肿瘤却不曾告诉过我？为什么你要将眼角膜捐给仅相识了几个星期的我？你的梦想呢，你的承诺呢？你不是和我一起许下对未来的期望，你不是说要继续打你最爱的篮球吗！现在我能看见了啊，你让我能够看见世界的颜色了啊……可是你为什么不再继续追逐你的梦想……我想起来了，我真的想起来了……痕，你叫痕，你的名字叫季痕……

"说起来，他真的是我见到过的最坚强的男生呢。那天他昏倒在篮球比赛的赛场，送到这里来以后，居然还一直惦记着他的篮球。我那天值班，正好看见医生告诉他得了晚期的脑肿瘤的事，他居然既没有哭，也没有慌乱，只是眼神黯然地问'那是不是以后再也不能打篮球了。'"

"后来，他在回廊上遇见你，当时他就问我你是谁，我告诉他你的病情后，他说他很羡慕你开朗的笑容呢。他的病情恶化得很快，上手术台的那天，他告诉我们，和你在一起的那几天是他入院后最开心的日子，如果手术失败的话，就将他的眼角膜给你。当时他的母亲一直哭着不愿意——就是那个四十岁左右，把头发都盘在脑后的那个。可是你知道他当时怎么说吗？他说，他想帮你实现你的愿望，让你代他继续欣赏这个世界，继续看他喜欢的篮球……"

七

"喂，音，你再摸一下这个。"男生将一朵草地上的太阳花放到了女生的手里。

"呃……这是花吧？我记得这个形状。"女生轻触着花朵，生怕弄碎了那柔嫩的美好。

"废话，当然是花啦，我是说你猜它是什么颜色？"

"……不知道。"

"笨，它是红色的！"

"嗯……太抽象了，还是形容一下吧。"

"红色就是……就是现在天空中太阳的颜色，就是我最喜欢的那个篮球的颜色，就是……NBA公牛队、火箭队球服的颜色，就是……哈哈，就是我们热血小强生命的颜色！"

"唉，还是不太明白。"

"没关系，你总有一天会看见，会明白的。"

……

阳光透过窗棂，印染上了我的发梢，映射在了镜子上。我的视网膜透过模糊的泪眼，看见了镜子里一个咧着嘴笑着的男生。

痕，我现在终于看到你所说的世界了。我答应你，我会替你继续好好欣赏生命的色彩。

第四部分

幸福的哲学

　　第一次把手伸向靠近心中的那个彼岸，问它，幸福的哲学哪里找。

　　当她第一次站在这个繁华的世界中仰望天空时，她发现了身边每个人的微不足道的感动。感动蜕变成幸福。身边的人拥有时却浑然不觉——就像指缝间漏下的那一点儿阳光，一点点被错失、忽略和遗忘。然后在这个喧嚣的世界里渐渐明白：很多时候，幸福是条单行道。她捡起幸福的哲学，去唤名叫幸福的哲学方向。

　　　　　　　　　　　　　　　　——夏奇拉《幸福的哲学》

没有天空不下雨

袅 袅

打开雨伞，逆着风骑自行车。一只手撑伞，一只手握紧车子手把。

风实在太大，雨随着风的方向倾斜打在我的手上、身上。

匆忙赶到学校，关门的伯伯给了我一个无奈的微笑。上课铃响过了，然后，他给我拉开了校门。

跑上楼，边想着等会怎样搪塞一个迟到的理由……从容地走到座位上，放下书包。小更用笔捅我的后背："小姐，等一下班主任来了咋办，你这是第N次迟到了。"

没理他，低头取课本的时候，大滴大滴的水珠落下来。转头往肩上一看，头发已湿了一大片，书也湿了，眼泪便乘着混乱流下来。

文说过，在雨天流泪是一件奢侈的事，不需要任何掩饰。

因为，不会有人发现，那是我在流泪。

用手去擦拭，无意间，瞥见了邻桌，那一片黑色！

我转过头去看他，他在做着习题。就在昨天，我想，如果他明天穿黑色衣服的话……

他今天真的穿了那件黑色的衣服。呵，昨天，我只是随便想想，我们真的是心有灵犀吗？

记得，第一次见到他的时候，他穿着黑色衣服，在风里笑，嘴角微微上扬，他的笑，真的很好看。

两节课后雨停了。风更大了。

放学。走出教室的时候，额前的刘海飞扬起来，宽大的衬衫也"蠢蠢欲动"，像极了飞扬的裙子。

116

要是以前，我肯定不会这么尴尬的吧。在以前，左右两旁会有心心、可可还有点点，我们四个人一起牵手。

然后，在风里，肆无忌惮地笑。现在，只有我，孤单地在这风里。

我复读。她们，也许现在正走在另一条楼道上。风再大，她们也不会怕了吧，她们的手现在正牵在一起吗？她们，还有没有在风里笑？

只是，我好想她们。

中午，又下雨了，但比早上的要小好多，虽然这样，风还是很大。

轻薄的雨伞抵不住大风，风向反方向一反扑，我抓不住雨伞，车子也向草丛里驶去，我又摔倒了。

在有风的雨天里，我总是这样狼狈。

在雨里，我找不到一张熟悉的脸。再也没有人会帮我把车子扶起来，然后对我说，还是我来载你吧，你怎么这么不小心……

眼睛已经模糊，我不知道，在脸上的，是老天的眼泪，还是我的？

我又迟到了，这次，全身都湿了。

小更说，"悠小姐，第N+1次迟到了。"同桌文说，"你怎么了？怎么湿成这样？"

怎么了？我也不知道。

下午，放学。

同桌值日，跟她值日的几个男生跑了。她说悠悠你跟我一起扫。我说好。

我拎起扫把跟她下楼，碰到了明，两眼对撞，有点尴尬。但是他还是对我笑了，我也轻扬起笑容。

回家的路上，文把同学录还给我。到家，打开，熟悉的笔迹呈现在我眼前。

文说，"悠悠，你以前总是笑，我们都很喜欢你笑。你笑起来真的很可爱。你总是需要我们照顾，因为你小我们一岁，像个孩子。现在，在新的班级里，你还习惯吗？我们不在你身边，你要学会照顾自己，要坚强，好吗？我知道你是不喜欢雨的，可是天气预报说，明天还会下雨。不要紧的，下次见到你的时候，笑一个好吗？"

点点说，"悠悠，你现在这个样子很像乖乖女。但是，我喜欢你以前，你总是无忧无虑地笑。"

小敏说，"悠悠，你看起来好像很需要人照顾，你很容易害怕，要勇敢哦，特别是自己一个人的时候。"

心心说，"悠，我们会常来找你的，你要等着我们，然后，我们一起去散步，像以前一样。"

可可说，"悠悠，现在还有没有打羽毛球？去老地方看看，那里有我们的回忆，你以前总会把球打烂，呵呵。"

……

把同学录放进抽屉里的时候，一页书签掉了下来，我看见，上面写着："孩子，没有天空不下雨。"

晶莹的液体夺眶而出。

118

感谢上帝最温柔的赐予

恢 恢

生物课上，讲到基因遗传变异的时候，自己只是低着头，呆呆地看着自己的双手。因为，我，与众不同。

同学们总是称赞我的双手手指修长，纵然连拇指也是这样，或许，她们没有仔细看过我的拇指。不是因为它比较修长而不一般，而是因为，我的拇指并不能像正常人一样弯曲。而且曾经，我的左手是六指，上学前班的时候去做了手术，好让它看起来同正常人一样。

记得在上小学的时候，自己是那么骄傲自己的与众不同，还曾经自信满满地问同学，你的拇指有我这么直吗？还故作神秘地说："悄悄告诉你哦，我左手有六指。"每当看到同学诧异惊讶的表情时，就觉得自己好骄傲啊，也许吧，像只骄傲的孔雀，炫耀自己最靓丽的开屏。有的时候，同学会大声问："你的手指真的是六指吗？"这时候，我总会把手指上那手术后留下的印记去给同学看，好像这样他们才会相信这个我与众不同的事实。

慢慢地，自己长大了，上了初中。自己终于知道，自己那不叫与众不同，那叫作"特殊"。也终于知道，那不是什么炫耀的资本。呵呵。多讽刺啊……特殊。

回到家里，大声地质问妈妈："为什么我是六指，为什么我和他们不一样？！"妈妈一愣，说道："因为啊，妈妈喜欢你啊，就想让你比他们多点什么……""你胡说，胡说！"我大声地反驳。那时候的我，只是幼稚地以为，这都是妈妈的错，都是因为她，让我变得如此的特殊，好像与周围格格不入。

在剪指甲的时候，总会不自然地盯着手指发愣，因为拇指没法正常弯曲而无法用很大的劲，所以剪指甲于我而言是个很费劲的差事。这时候，自己总是委屈得想哭：我有做错什么吗？为什么我会是这样？可是，没有人回答我，只有那把漂亮的指甲刀静静地躺在那里，好像一切，与它无关。

坐公共汽车的时候，自己的手总会不自觉地想缩回来，因为怕别人看到我握在扶手上的手。即便我知道，别人根本不会注意到。

后来，我总算知道了，这不是妈妈能够选择的，她只能尽力去改变。有时候，妈妈看到我剪指甲很费力的样子，会静静地拿过我手中的指甲刀，轻轻帮我修剪，好像是在完成最珍贵的艺术品。突然，我发现，曾经的我是多么的不可理喻。

"妈，其实这样也挺好的。"妈妈的手明显地停顿，"我还可以写一手漂亮的字啊，他们好多人都写不了这么好看呢！""是吗？"妈妈小心翼翼地问。"是啊，而且手指修长修长的，她们都很羡慕呢！"我感到妈妈的手，有轻微的颤抖……其实，很想对妈妈说呢，"妈妈，我其实不怨恨你！"

上了高中了，女同学们有时候也聚在一起看看谁的手指好看，每当这时，很多人总会夸我，当她们拿起我的手仔细看时，我会很坦然地接受她们好奇的目光，"我的拇指不能弯曲，所以看起来很修长。"同学们也只是很友好地笑笑。

看着生物书，突然很想感谢一下上帝。他赐予了我这么温柔的礼物，一个多出来的小小的指头，而不是那么多乱七八糟的疾病，起码现在，我能健康地活着，我能正常地学习，我能考优异的成绩，我能写一手漂亮的钢笔字，我能画自己喜欢的漫画……

现在，我总会自恋地想，上帝他一定是很喜欢我呢，而这最温柔的赐予，一定是他准备了许久的礼物吧！

那些与青春和梦想有关的日子

左 佑

那天午休，我趴在桌上昏昏欲睡，这个世界太累了。

而老师突然的一句话，把我惊醒。她瞪大了眼把某同学的作业本甩到地上，说，"你看看你，以后能做什么啊？连大学生就业都这么困难，更何况你？"那同学望着他，一脸不屑。

尽管她没有在对我说。但是那句话，真的让我醒了。

以后能做什么啊？

以后能做什么啊？

于是最近总是在想，以后，我要做什么？

睡觉前，吃饭时，或是与别人聊天时，突然冒出这个问题。然后，不知所解，然后，像是误入泥沼，陷入深深的哀伤。

我想那个老师在说这句话的时候一定没有想到这句话对我的影响会这么大。

第一届"The Next"文学之星选拔赛的冠军萧凯茵年仅二十一岁。连小四、落落、笛安都对她的文字大加赞赏，感叹她的年龄，感叹她的文学功力。我看过她的文章，冠军头衔对她来说名副其实；小四不满二十岁就在文坛身价百万。我想他们一定不是地球上的物种。

几年前觉得，长大就是要过小时候幻想中的生活，也就是梦想。那，我的梦想呢？

文字一直都是让我为之骄傲的，然而现在，我发现自己似乎在慢慢退缩，像是面对深渊而却浑然不知地慢慢后退，跟跟跄跄。对，就是像深渊一样。或许我是个懦弱的人，我不敢跳下去，经受千锤百炼的痛苦。之前一直希望成为像他们一样的人，抱着这样一种单纯而热烈的愿望，一步一步前行。今年十六岁了，离那个原定着的二十岁，只有四年时间了。我只是感觉，风吹灭了燃烧着的最后一丝烛光，心中熊熊燃烧着的火焰经过时间的摧残，已奄奄一息，而现在，只残留着名为"梦想"的灰烬。

那天，小比对我说你长大以后准备干什么？我愣了一会儿。我已经好久都没有想这个问题了，而且，我也没有想到她会来问我这个问题。我便说不知道。她说："哦，我姐姐已经替我安排好了，以后送我去英国或是法国学服装设计，她现在只是让我好好画画。"

她说这话的时候，手里抱着排球，双脚蹦着，马尾随之一上一下晃动着，我觉得她是个什么都不用想的孩子。我知道她有个能力很强的姐姐和殷实的家底，我知道一切都是她不用担心的，尽管她文化课没我好，尽管谁都知道她普高没希望了。至少她一直都是无忧无虑的，至少在我看来。我记得有次她告诉我说，我妈说如果上不了高中就送我出国。她的语气甚是淡然与随意。

那时候我的心突然狠狠地痛了一下，很难过。我不知道以我现在的处境以后可以做什么。我的文章，在各种各样出类拔萃的人中显得那么不值得一提，尽管我是真的很认真地努力想要得到别人的认可。

122

我的吉他，说起吉他我就很恨我自己，我恨自己没能好好把握，我恨自己半途而废。每次我看见那把吉他安安静静地倚在墙角寂寞的样子，或是听到小萧一声声弹奏得越来越好，我都难过得要死，我好像总是有听到从墙角发出的一声声低沉的叹息，我好想拿起它一如当初一样热爱它，可是我却总是不忍心弹奏出连自己都难以忍受的声音。于是，我每次都暗暗地以"一切都回不去了"为借口安抚自己不安的心。

想当初，它也是我的梦想。

妈妈说，你最近怎么变得好忧郁了。

我便在想，你女儿我在考虑未来了，怎样好好养活自己。

有时候会很矛盾。

为什么现在要忧心忡忡地想那些未来的事？我现在只是一个即将初三的学生，安安静静地坐在教室里，安安静静地听课，安安静静地生活，很多事情都是我不需要考虑的。现在弄得自己愁兮兮的，是不是太傻？

我看到别人荡漾在阳光下灿烂的笑，笑得没心没肺，我看到我的朋友们向我招招手，示意我过去与她们一起享受美好的时光。我走过去，她们使我想起曾经看过的一句话"用梦想燃起熊熊烈火"。

所以，我想我是不会放弃的，不会放弃原来那个让我深深爱着的梦想，也不会忘记原来那个我为之狠狠努力过的梦想。

纪念，为了曾经那些与青春和梦想有关的日子。

我的叫天天的狗

快乐的笑笑

天天是一只灰色的狗，没有高贵的血统，却有着可爱的眼睛以及柔顺的毛。

初次见到天天是它刚出生几天，还未满月，被奶奶从粗糙的蛇皮袋里抖出来。我见到它时惊喜地叫了起来，它用怯怯的友善的目光看着我。我捧起它脏脏的小脸，朝它微笑，它轻轻地叫了一声。我轻唤它：天天。

于是，天天成了我家的一分子。

我用温水给天天洗澡，毛茸茸的它看起来胖胖的。可我给它洗澡时却发现天天真的好瘦，只有一层皮包着软软的骨头。它一动不动，低声地呼呼。洗完后，我把它放到了太阳底下晒太阳，用手轻抚它小小的头。不一会儿，灰色的毛干了，真的好可爱！小耳朵动了几下，居然睡着了。

它的窝是我用鞋盒和羊毛衫铺成的，很暖和。夜里，天天叫得很凄惨，奶奶说天天认生。天天，在想妈妈。

之后的一个月，我每天喂它牛奶和小鱼拌的粥，天天吃得很少，有的时候我想撬开它的嘴巴塞下去！天天，快点长大啊！

有一天，我放学回家，还没叫门，突然一个灰色的身影从门缝下钻出来。"天天！""汪汪！"天天扑到我的膝盖上，尾巴摇得很欢快。我抱起天天，重了不少，毛色也有光泽了许多。"天天！终于胖了！""汪汪！"天天咧开了嘴巴，我知道，它在笑。

天天吃得越来越多，也越来越胖，走起来很可爱。每次带它出去散步，到处闻闻看看，特别好奇，但却紧紧地跟着我，一步不落。

天天很调皮，常常让爸爸一只脚穿着袜子跳着追赶它。"天天！给我放下！"天天摇摆着屁股钻到床底下和爸爸捉迷藏。第一次看到镜子时，天天居然歪着头看了一下，伸出舌头舔了舔，然后用小爪子在镜子上印了一个脏脏的脚印。有时还咬木头门，妈妈说，天天在磨牙，怪不得天天咬骨头时像我咬蚕豆一样，嘎嘣嘎嘣的。哦，天天长大了。

天天每天都会从门缝里钻来钻去陪我上学放学。自从听说一只很可怜的狗在马路上被车撞了以后，我坚决不让天天上马路。可天天不听，我得天天把它往回赶。

天天很挑食，每顿非鱼不吃，我很是生气："天天，你不怕胖哦？"

那天，我们在家吃饭，隔壁的婆婆拎了只死鸡找上了门。天天躲在我凳子下，嘴里呜呜地叫。婆婆很大声说："你们家的狗咬死了我的鸡，怎么不好好看着呢？"天天用充满敌意的眼神死死地盯着婆婆，还冲婆婆叫。爸妈说了好多好话，又塞钱给婆婆才将事情平息下来。自此，爸妈把天天关在家里，不让它出门。

可是，被天天咬死的鸡越来越多，婆婆每次上门来骂，爸妈赔了不少钱。那天，下着雨，爸爸打了天天一顿，妈妈将我拉开，可怜的天天到处躲，被爸爸关到了后院，淋得全身湿透了。

又一次，天天跳过了后院的墙，天天已经成了大狗了，彪悍健壮。那次天天一夜未归。

早上我准备出门去找，发现天天就趴在门口，全身颤抖，嘴边还有白沫，我害怕地将天天抱回家，天天一点力气也没有，很重。爸妈叹了口气，说天天中毒了，我一脸恐慌。

我拿出天天很久不曾睡过的箱子，将羊毛衫晒得很暖和，将天天放了进去，喂了糖水。天天一口没喝进去，不停地吐白沫。我在箱子边蹲了很久，不停地流着眼泪。

第二天早上，我打开箱子，天天突然冲了上来，在我的脸上咬了一口，很疼。我惊呆了，摸着脸，那是我的天天吗？天天吃力地扑翻箱子，往门外逃去，我这才看到，天天的后腿一瘸一拐。天天跑了几步又倒了，我泪流满面地将天天抱回箱子，天天不停地喘着气，往日可爱的眼睛浑浊不清，白眼不停地向上翻。天天在箱子里睡了一天后，艰难地闭上了眼睛。

我的天天，活了一年零十七天。

亲爱的天天，你在天堂还好吗？希望你在天堂会快乐！

让我握住你的手

小Y

那天，我们都选择了长话短说

电话里，只是令人窒息的沉默，然后，我毫无预兆地挂了电话。我怕继续沉默我会哭出来。

发下卷子后，我就知道接下来会怎样，哭声连成一片，那泪水足以导致二中发水灾。我轻笑，浅薄的人。忘了从什么时候起开始变成这样的了。我拿着那张满分120我却只拿到三分之二的英语卷子大叫："老天真是眷顾我啊！89分耶！"余光中看到了老师和同学的白眼。

班主任掐着我的脸狠狠地对我说："Y，我警告你，下次过不了100我饶不了你！"呵，我本来也没打算饶了自己，自从用那几根可恨的手指算出几乎每科都比平时少有20分时，我就没打算饶了自己。

挨完掐后皮笑肉不笑地回到座位。X说："Y，你还有脸笑，你脸皮厚得也太愁人了！"愁人就愁人吧。总比那动不动就流泪的好。我一直信奉那句话："失败的人是没有资格流泪的。"所以我从小就不喜欢流泪，更不喜欢眼泪不值钱的家伙。这点很像你。

只是那天我给你打电话时，告诉你我的成绩后，我差点流泪，但我不能在你面前流泪，你更不会在我面前流泪。所以，那天，我们都选择了长话短说。

我想起曾经，曾经的我满分卷子都看得眼晕，现在想晕也办不到了。

曾经的我一直是大家的骄傲，我也理所应当地做大家心中带着光环的公主。

如今，光环早已远去；公主，早已成了童话。可，我又能如何。

摩天轮转起来

记忆像摩天轮，一圈一圈，没有起点，亦没有终点。只是往日的一切，会在某个瞬间历历在目。

那天晚上，趴在窗台数星星，猛然想起你，想起我和你的一切。

听说我出生时才两公斤，老人们都说我活不了了。你却大叫他们闭嘴。从此，你再没去过歌厅，再没包过饭店。你辞了工作，给我买最贵的奶粉，给我最完整的爱。苍天不负有心人，我被养得白白胖胖。上学时的成绩让你欣慰。然而，一切不是一成不变的。你会不会想到有一天你的欣慰会化作泡沫。

你太坚强，我太颓唐，但，其实我们都一样

耳朵里塞着耳机，忧伤的歌循环播放。

你不是真正地快乐，你的伤从不肯完全地愈合。为什么失去了，还要被处罚呢？

嘴角现出一丝冷笑，看了看手上那块烫伤。两年了，它依旧在不经意间流血。在某一刻，血流过指尖。

而你，每次失去的都是你。而你却被惩罚，你自责，认为是搬家影响了我的学习。

你可能还不知道，我已经变坏了。和老师顶嘴，上课睡觉，不写作业，都是曾经那个"乖乖女"干出的好事。我太颓唐，这我不想让你知道。

但我却知道，你有多累。每次放假回家，你都给我最快乐的笑容。我知道这是伪装的，你怕家里的事耽误我学习。你想用笑给我动力。你太坚强，你不想让我知道，但我知道。

Vae用干净的声音唱：太坚强是软弱，太颓唐是折磨。

想一想，我的颓唐，你的坚强。都只是掩盖内心的面具。其实，我们都

一样。

其实我一直都懂你

迎着风奔跑，眼泪就会在落下前风干。

想了那么久，又想起自己。曾经和朋友说过："迎着风奔跑，眼泪就会在落下前风干。"然而没人效仿。如今，这个方法用在自己身上。我跑出去。

想起上次破天荒考了个第三。打电话给你，你却说："人外有人，比你强的有的是，别骄傲了。"瞧，你就是这样，无论多高兴，也装作不在乎，真是怪人。

十四年了，就算你每日做家务累得腰酸背痛，我最多帮你干点活儿。却从不给你精神上的安慰，从没对你说过："您辛苦了。"从来没有。就算想说，也从来都装作冷漠，好奇怪。

只是沉默之中想起你，就像有了动力。明明迎着风奔跑，眼泪却仍在被风干之前不可抑止地挂满脸颊。不过，没人看见。

我们都是不善表达的人，即使心中有爱，也不愿将心扉打开。但，其实我一直都懂你，你知道吗？

让我握住你的手

这次放假，我一定要对你说"我爱你"，即使你假装说我幼稚，我也要说。

我决定了，让我做你的天使，以后的日子换我守护你，好吗？

妈，我爱你，我一直都默默爱你，就像你默默爱我一样。

让我握住你的手，看着你变老，就像你看着我成长一样。

128

情人节的礼物

小 童

　　同往常一样，小童的妈妈是小童这个三口之家第一个起床的。准备好早餐后又到卧室叫醒了小童的爸爸，但却没有叫醒小童，因为他希望假期里的女儿能安安稳稳地多睡一会儿。用过早餐的爸爸妈妈相继走出家门，开始了属于他们的新一天。

　　小童起床后，用过早餐，坐在写字台前翻看着排得满满的日程表，不禁皱起了眉头，放假也不比平时轻松啊！2月14日，对，今天是爸爸妈妈结婚二十周年纪念日。在小童的记忆里，从未在这一天留下什么特别的记忆。爸爸妈妈这对恩恩爱爱、从艰难走到幸福的夫妻似乎并不看重这一天。

　　小童只记得初一那一年偶尔有一天问妈妈："你和爸爸的结婚纪念日是哪天？"妈妈说是2月14日。她才知道那个浪漫且风靡的日子居然与爸爸妈妈这两个不懂浪漫的人有着如此不一般的联系。

　　小童望着窗外，不由得想起了一家人这十几年的风风雨雨。爸爸妈妈的努力并没有白费，如今，在这个充斥着竞争与挑战的年代里，他们都站稳了脚跟，有了自己的事业和温暖的家。这是在别人的赞叹中感受到的。

　　小童看到了手捧玫瑰的男孩儿、女孩儿，看到了一对对有情人挽手同行，街上充满了"浪漫"。走在大街上，小童推门进了鲜花店，一位漂亮的小姐问道："是买花送给男朋友吧？"小童的脸唰地红了，她没听清后面的话，也不知怎样回答，只是摇摇头便匆匆逃离了。不知不觉，整条街的花店她差不多都进去了，所得到的都与刚才那一幕差不多，她似乎觉得自己很可笑……

　　这时，她好像鼓起了勇气，又走进了一家鲜花店，店里买鲜花的人很多，老板忙得不亦乐乎，但脸上却挂着和蔼的笑容，她问小童："小姑娘，玫瑰卖完了……""不，我不买玫瑰，只是想买花。"老板把手中的活交给别人："送谁？我帮你选吧。""今天是我爸妈的结婚纪念日。"这一次，小童的声音带着自豪，那些与自己年龄相仿的男孩儿、女孩儿此时的目光都投向了她。老板边帮她选花，边和她聊，"唉，我女儿和你差不多大……"亲切的面容加了一点黯然。几枝百合和康乃馨在老板的搭配下变得更漂亮了。老板说冲小童的孝心给她打了八折，小童付过钱，捧着花，老板把她送到门口，微笑着对她点点头，好像在表达一种祝愿……

小童捧着花，像是捧住了这世界上所有的爱。

回到家，小童把花插在花瓶里，放到了爸爸妈妈的卧室里面。

傍晚，爸爸妈妈相继回到家，看到卧室里的花，不约而同地凑近鼻子仔细闻闻，像是陶醉在世界上最美的花香里……

幸福的哲学

夏奇拉

九月份的中旬。和中会议室。

学生会会长竞选演讲如火如荼地进行着。台下人潮汹涌，每个候选人都有自己的拥护者，他们都在为自己拥护的选手在心里加油呐喊。

支持者有很多，每个脸上都有浓郁的喜悦。目光却不知是否望向我这边。

随着演讲的进行，前面的候选人赢得了阵阵的掌声。终于轮到了我。

我穿着简单随意的便服，乌黑的长发有些许随意地披散在肩头。我拿起话筒，对台下的观众鞠了一躬，对坐在前排的学生会会长们抿嘴一笑，天真又友好地讲起早已准备好的台词。

我的演讲完毕，台下瞬间变得安静，然后立刻又骚动起来，掌声、惊讶声、欢呼声、喝彩声响彻会议室。

我在喧嚣中安静地走下来。在没人看见的角度，对着窗外的蓝蓝天空扬起嘴角的弧度。在心里对自己做一个大大的鬼脸，然后高高地仰起下巴，如同一个骄傲的公主。

我来竞选，只是为了要有人能够在人潮涌流中能叫出我的名字。

我夏奇拉的第一条幸福哲学是：自己要的东西，就自己动手去拿。

小七离开了，我可以想象她转身离开时的怀念与伤感。只是，夏奇拉没有在她身边。小七去了一个叫深圳的城市，那里夜晚灯火灿烂，火树银花，是个不夜城，小七在那里会过得很好吧？

心是一朵花，爱与希望的根扎在土里，穿透桌面……智慧与友情的枝叶招展在蓝天下，叶子与叶子的絮语热烈而无声。对小七的想念如电话的嘀嘀声，苦涩而又有点儿甘甜。

然后不知从什么时候开始，用文字来书写对夏天的回忆。每次都会在心底虔诚地祈祷小七开心。然后，当忧伤的时候，当哭泣的时候，当在悲伤中懂得真正的快乐的时候，拉拉会祈祷每天开心。因为哭泣的时候，泪水被蒸发在空气中，形成落下的雨水，纯净、明晰。虔诚地扬起四十五度，深呼吸，把空气中的忧伤分子都吸回本身。而悲伤的时候，会懂得真正的快乐，是因为学会了珍惜。

　　夏奇拉的第二条幸福哲学：虔诚地祈祷每天开心，仅仅是单纯美好的愿望。

　　天很蓝，有大朵大朵的白云飘过。蒲公英在天空中飘荡。蒲公英，我想它一定带着信念去寻找落地方向。

　　潇潇春雨，敲醒了夏的来临，酷热的风吹开了路边的花，我终于在雾的山谷找到了蒲公英。我仿佛看见幸福的色彩："绿光"，相信在心里每天默念着"信念"，然后每天都会很阳光无暇。

　　夏奇拉的第三条幸福哲学：拥抱幸福的色彩"绿光"。

132

　　华丽而震撼人心的画面。风，打开了纸包，里面装满了绚烂彩片，美丽的彩片，反射着阳光，在风中旋转起舞，自由飘落。透过那些来回飞舞的绚彩纸片。一个穿着白色便服的女孩，在风中咯咯地大笑，风把乌黑的长发吹散在前面伸出的指间上。飘荡而粗滑，但这个夏，给自己一个问号，给自己的名字一个力量。夏奇拉——夏天的幸运日，夏天的奇迹哗啦啦地落在手心上。下一个奇迹哗啦啦地到来。

　　夏奇拉的最后大反攻幸福哲学：不论何时何地，知道夏奇拉吗？

　　后记：第一次把手伸向靠近心中的那个彼岸，问它，幸福的哲学哪里找。

　　当她第一次站在这个繁华的世界上仰望天空时，她发现了身边每个人的微不足道的感动。感动蜕变成幸福。身边的人拥有时却浑然不觉——就像指缝间漏下的那一点阳光，一点点被错失、忽略和遗忘。然后在这个喧嚣的世界里渐渐明白，很多时候，幸福是条单行道。她捡起幸福的哲学，去唤名叫幸福的哲学方向。

绿色的花

银　银

那女孩，与我相距并不远，与我前排的前排还隔了一条过道，淡雅的衣服，乌黑的秀发，端正的坐姿，抬头便可以看见，她是我无味生活的"太太乐"，赏心悦目呢。

她的课桌角，今天是立着大半瓶银鹭花生奶，在下午第三节课后喝了一小口。

我眨眨眼，用舌头把我干裂的嘴唇舔了一圈，然后咽下一口唾沫。

虽然赦经常告诉我这样不好。

下午放学，赦照例在车棚里等我，木木地看着所有来去匆匆或悠然自得的人群。

赦，你是我从小的，唯一的，最铁的，最了解我的异性朋友。

赦听我说时是骑着单车飞驰在前面，前面正夕阳西下，他回过头笑笑。

头衔那么复杂，说男朋友算了，别人爱怎么想就怎么想。

夕阳的红色像一柄刻刀，一缕一缕地打下，把赦的轮廓弄得粗糙而柔软，穿梭在行道树中的风把他的话刮得远了，他的嘴一张一合地在说什么啊……男朋友算了……

当我男朋友？我笑，有句话说得好，思想有多远，你就滚多远。

第二天那个桌角是矮胖的旺仔，正张着血盆大口，对我大笑不止，我的脑际无数次地闪过广告里那个兴高采烈的声音：旺旺！

狗啊你。

放学时，同桌笑语："浪漫的您又要去那个浪漫的小棚与浪漫的赦来个浪漫的碰面吗？"

"远点啊，造谣，等价于造孽。"

赦是届草，这一点让我和赦在一起的感觉越来越不自在了，到车棚的时候，我的书包是摔进车筐的，我瞥了一眼赦，他看出我生气了，安静地跟在后面。

通常他都是飞驰在前面，以我从来追不上的速度。

"今天我又被说了，好像我没了你就是寡妇一样，天呢，难以想象，you and me？鲜花牛粪的传世经典！"

赦笑，又笑，比那该死的毛茸茸的夕阳更加暖人。本来我火气没有那么大的，赦总是助长我的嚣张气焰。

那个课桌上又换了一瓶橙黄的美之源果粒橙，难怪她整个人都水灵灵的。

我坐在房间里听见我妈问赦我在学校里怎样。

家长都这样，好像硬要从孩子朋友那抠出些风吹草动，把所有冒失的早恋一举扼杀在摇篮里。别说我没有，就算我有，赦也只有七个字：小聪她挺好的呀。

赦的妈咪可难应付多了，可能儿子帅了，心也提得多了。我只好故作姿态："人家女孩子家哪知道他们男生嘛？"这句绝了，他妈不但不再问，还夸句："小聪真是乖巧懂事，我要生个你这样的女儿就省心多喽。"

其实谁都听得出来夹杂在这口气里的自豪，而且，生个女儿像我您必定吐血。

今天，课桌角，蒙牛真果粒。美丽有新意。

赦讲，"我跟她告白了。"

赦喜欢那个与我前排的前排还隔着一条过道的女生，饮料公主。

这是我给她的名字，赦喜欢饮料公主，赦告诉我时是一脸幸福，还象征性地说了句："保密哦。"

其实我觉得赦是想让我说出去的，间接传到她那里。

哼，我偏不。

"你找过人家了？"

"呃。"

"怎样？"

"没成。"

"矬人哪你。"

"不是。"赦没有转头看我，以不正常的频率有一脚没一脚地蹬着，"她是以为我和你有关系，搞得我费劲解释了半天，普通朋友嘛！别人乱说，她怎么信那个。噢，真是糟糕……"

赦还在继续向前。

我握下刹车，定了几秒，掉头，猛蹬，拐进了一个死角，才让眼泪掉下来。

赦已经不了解我了，成长中所有的情怀与敏感，他完全不了解。

课桌角又是一瓶特浓营养快线，被阳光照得发亮。

好像我对那些饮料比对饮料公主更有兴趣，每天看一眼，感慨一声，羡慕一下，已成习惯。

也许其中也摆上过赦的吧。可对她来说，无所谓，结果都是被喝掉。

然而赦不懂。

如果我玩笑地告诉他，他一定也用"你妒忌""你吃醋"玩笑地回我。如果我严肃，气氛一定很差，我都会认为自己在挑拨离间。

我反复地想，赦有什么好的呢？我为什么会喜欢他呢？他会看上那样的女生，也是很落俗套啊……

我只是一朵缀在赦青葱岁月中的绿色的花，一样的颜色，被硬生生地忽略掉，却又是那么鲜明地拔节在那一段只属于我们的夕阳下，行道树间，单车上的光阴里。

一直保留。

各式饮品，偶然重复。

木果果的小晴

芽 儿

米洛安，你的功德心让狗吃了吧

趁木果果不在，米洛安把木果果刚刚放进了许愿瓶里的愿望给偷了出来。

"我希望每天都是有朵朵白云的，阳光明媚但不刺眼的小晴天。"嗯！想法很新奇是很新奇，就是不切实际。米洛安低着头偷笑，突然感到寒流袭来，一抬头，木果果双手叉腰，凶神恶煞地瞪着他，三秒钟后大爆发："米洛安，你的公德心让狗吃了吧！你怎么随便看人家写的东西呢？你真是人面兽心，居心叵测，虫子蛀空的烂苹果，披着羊皮的大灰狼！"语速极快，一气呵成。看着气呼呼的木果果，米洛安郁闷地想：偷看愿望，跟公德心好像没什么关系吧？

136

米洛安，你的人格严重跑偏

月考成绩贴出来了。米洛安双眼放光地奔回座位，兴奋地对木果果念叨："喂喂，我这次比上次又提前了三名！果果，我进步快吧！这就像你说的，希望就在前方！"

是的，高二时，木果果皱着眉头，像模像样地对沮丧的米洛安说："同志，希望就在前方！它可能就是一只狐狸精，一直勾引你，等你着了迷，就上道了！"可是这次，木果果抱着许愿瓶，呆呆地望着窗外有些阴的天，慢悠悠地说："米洛安，你把你的白痴转移给了我，又拐走了我的智慧，你的人格已经严重跑偏。狐狸精可以吸引你，却吸引不了我。"从头到尾，木果果看都没看米洛安一眼，米洛安也看向窗外，他迷茫了。外面有什么好看的呢？这样的天总会有，可是这样的木果果却少有。

米洛安再度潜回讲台，这才看见，木果果还不如上次考得景气。

这个世界塌了

"木果果，你在这里干什么呢？"米洛安呼哧呼哧地爬上教学楼的楼顶，弯着腰看站在护栏前的木果果。木果果没作声。1、2、3，三秒钟后，木果果还是没作声。米洛安上前去拉木果果，这才发现，木果果哭了！天哪，木果果居然哭了！完了，这个世界塌了！该不是人类真的要灭亡了吧？他手忙脚乱抓耳挠腮时，木果果已经把她平时很宝贝的许愿瓶一把打开，瓶口向下，然后，那些彩色的愿望开始向下飘啊飘啊，像极了一群失去翅膀的蝴蝶，再然后，许愿瓶落地，发出突兀的破碎声。

米洛安真的是被吓到了！他看着不正常的木果果，挠着头，哆哆嗦嗦地问她："木果果，你到底怎么了？"木果果不说话，只是肩膀抖得厉害了，慢慢地哭出了声。米洛安不知所措地抬起手，又放下，又抬起，又慢慢放下，终于，他咬咬牙，一把揽住木果果的肩膀，看着她哭得一塌糊涂。毫无悬念地，木果果顺势慢慢靠在米洛安怀里，断断续续地像是在梦呓："我的愿望太多太多了。所以我发现，人不能没有希望。可是有了希望，又会变得贪心，就会很累。当满满的希望不能实现，就会想哭，所以我又发现，我的希望，只有50%的可信度。但是就为了那可怜的50%，我也一样虔诚地等待着，直到等空了我的希望。"

米洛安听着听着，突然就想起第三次月考成绩出来时，木果果很沉重地说："老天爷真的很残忍，在我们悲伤的时候，连一个可以放声大哭的地方也不肯给。想哭却不能哭，就是在痛痛的伤口上再活生生地撒一把盐。"当时，米洛安还笑她："得了，你会哭，估计是地球马上要毁灭了。小孩子家别装成熟。"

那一次，是木果果唯一一次没有对他进行狂轰滥炸的反击。米洛安抬头望望天，突然感觉，总是阴天真的很扫人兴。

木果果，你穿白色裙子很好看

木果果胡乱洗把脸，"哧溜"钻进被窝里。做了一晚上的理科题目，像严重缺少了甲状腺激素。但是木果果觉得，她现在的生活很充实。很快，她就睡着了。

梦里，木果果终于毕业啦！终于考上大学啦！她穿着白裙子，很开心地跑啊跑。不好，小石头绊到脚，她摔倒了，摔得很疼。木果果坐在地上哭了起来。这时，米洛安来了，一把扶起她，还是那么不知所措地对她讲那天在楼顶说的话："木果果，你别哭了，都有狐狸精勾引我了，你长得这样好看，一定会有狐狸男勾引你的！哎呀呀，你怎么还哭呢！妞，给爷笑一个！"木果果无比惊讶地看着米洛安，他的脸红得像猴屁股，使劲挠着头，小声说："木果果，你穿白色裙子很好看！"然后又大声说："木果果，你看，今天是小晴天！"

木果果在梦里甜甜地笑着……

用半小时来坚强

雨里花

"啊，下课啦？我还没抄完呢，好累！数学科代表，我不交了行不行啊？你不要记我的名字呀！"

"每次发的试卷都要交，又不会做，抄答案有什么用？"

"就是！浪费我时间，浪费我的笔水，浪费我的钱！"

……

下课铃声一响，教室里立刻炸开了锅，各种声音不断地冲击着我的耳膜，我感觉自己都要裂开了。"不想交那就别交了，你们不乐意交我还不乐意发呢！每次都这样，你们到底想我怎么做？"虽然我很想忍耐，但最后还是发了飙。这种事情真的不是一次两次了，而这次我还特意拖延了几天，他们还没做。发下的试卷，收吧，同学们不愿意，拼了命地跟我叫板；不收吧，数学老师那里不好交代，我夹在中间，左右前后里外不是人。唉，这种日子也太不好过了！

回收发下的作文，结果很"惊喜"地发现，每篇作文要么只打了一个分数，要么只写了一两句无关痛痒的评语，也就是说，所有的作文都要我重新再改一遍。看看，看看，新学期他们给了你多大的惊喜，多好的礼物！我在心里冷笑着，开始改作文。刚改了一两篇，便头痛欲绝：严重离题，通篇的句子表达错误，像无数只无形的手在敲打着我的脑袋。望着那沓厚厚的作文，我都不敢确定自己能否精神不错乱地将它们改完，并作好总结，反正此刻我是连碰都不想碰了。

以前总是很羡慕，每个人身上总是环绕着这样那样的光芒，只有自己像个丑小鸭似的卑微地存在着，不引人注目，没有值得骄傲的资本。可是现在，我更希望自己能辞去所有的职务，安心地做个为梦想而执着的平凡普通的学生。高二以来，工作的压力，学业的繁重，忽地就将我推向了崩溃的边缘，从未如此绝望。一直自诩没有压力也不可能被压力击败的我，正在承受着以前自己以为会受不了的负担。

最终，以逃的姿势离开教室，在校园里漫无目的地慢慢晃荡。寒冷的夜风一阵接一阵地迎面吹来，树叶子沙沙地响，偶尔飘落下几片来。拉了拉外套茫然地站住，不知自己要干什么，也不知自己该干什么。手指放在操场边的栏杆上，金属的冰冷瞬间传遍了全身，不由打了个寒战。指尖蔓延到心底，再在空气中扩散，将自己包围。昏黄的路灯，满地的落叶，十点之后的安静的校园，我只看见自己孤单寂寞的影子，还有不断从身边飞驰而过的单车，单车上说笑着远去了的人。

有眼泪落下来，又很快地伸手擦掉了。从来都不习惯表现自己的脆弱，即使只有自己一个人，即使有夜色的掩护，还是不习惯。想起来在这条校道上，Lory说过了不知多少次的话。她说，生气，是拿别人的错误来惩罚自己。她说，你干吗每次都因为他们而难过？不是生气，也不想难过，只是觉得自己做得不够好所以他们不服而已，只是觉得自己太笨什么都不会而已，只是为自己的束手无策感到悲哀而已！说到底，自己只是一个无知的小孩，离了朋友什么都做不好。

开始往回走，因为知道再头痛再烦恼再棘手，最后还是要自己去把它们处理掉，最后的责任还是逃不掉。逃避还是面对，都摆脱不了命运的轮回，既然如此，为什么不用坚强来面对？

回到教室，抬头看钟，10点20分，距离出逃的时间，刚好半小时。

第五部分

掌心里的糖

  我终于明白，根本不是还有没有时间的问题。只是我从来都想不到，他的优秀，是累计了每一次小小的选择之后的结果，当他每一次都能选择辛苦，很多个微不足道的小事垛叠起来，就成了质的飞跃。而我不断地迟疑不断地放松，最终变成一条老化的橡皮筋，失去挽回所有的力量。

——宸《他是不是我的崇拜》

对不起的宾语不是你

赫 乔

三月的北方仍是雪的国度，漫天漫地的寒冷与苍白。

林小宽以一个悲观者的姿态望向窗外，手心还汗津津的。

刚刚，用一个晚上熬出来又被林小宽攥了像一个世纪那么漫长的情书，终于找到了归宿——垃圾桶，而苏禹正好与她擦肩而过，还不知怎么撞了下。苏禹抱歉地望了她一眼，似乎有点遗憾。

林小宽用膝盖也能猜出，那一瞬，苏禹在想什么。

一定是，这女生，怎么这么矮，而且这么胖。哈，林小宽想，我要告诉他我的名字——林小宽，"人如其名啊！"会不会像刘哲一样来这么欠扁的一句呢？

不会的，因为苏禹，是那么温和而正派的人。

最初注意到他，大概是因为大榜上他太高太高的名字，而自己离他大概一米远，几百名"呼啦"地越过去。"这什么脑袋啊？学得这么狠，比第二名高五十多分呢。""苏禹嘛，上次母亲节作文竞赛一等奖的那个。""哦，还是市优秀团干部对吧。"林小宽在人群里要透不过气来，"这家伙"！

后来又是在升旗礼上见到那个风云人物。"本周升旗手是高二八班苏禹和高二九班尹乐乐。"林小宽就是那周卫生值周长，捏着演讲稿视线扫过那个英俊挺拔的身影，一阵轻微的恍惚。

"苏禹"啊，在心底一点点刻下这个名字，比"林小宽"有气质多了。

眼神飘忽是很容易被人看出来的，刘哲在她眼前打了个响指："喂，咱班比赛早结束啦，看什么呢？""哦，是吗？"余光还粘在三步上篮的苏禹身上；夏七七拽她："这几篇作文你都快背下来了吧，看多少回是多啊。"

嘴角上扬："哦，马上了。"第一张就是苏禹的《爱的粥的味》。写他的妈妈，文笔素淡而简练，即使，不是她喜欢的风格。

爱屋及乌，是吗？

时光顺延下来，对苏禹的喜欢就那么不咸不淡地漾着一抹浅紫色。但看杂志里卑微的女生说，喜欢一个人，却连影子都望不到，他太高太远地将我甩到尘世那端。林小宽不想这么卑微，于是开始习惯咬着牙咕咚咕咚地咽咖啡，熬到半夜，梦里是大段的解析几何，"2008年天津卷"，清晰地判断出来，记起时自己都吓一跳。

"小宽，别太累了。"牛奶的香气一缕缕绕上卷子，节能灯映着一对黑眼圈，妈妈的心疼里藏着宽慰："小宽想上哪所大学？""呃，不知道，没想过。"在心里把名字从学年大榜里拎出来，越来越靠近了，不自觉地嘴角上扬，不是哪一座象牙塔，而是一个温暖的名字。

上体育活动课时，林小宽总是下意识地看一眼，前后左右，转来转去总能瞥见的身影。一次学生部开会时，阳光把苏禹的影子投在林小宽面前的笔记本上，昂扬的头发像夕阳下的麦田。林小宽的笔记本里从此多了一丛灌木样的黑色图案，只有她自己深知其中的脉络。

还有还有，清明节学生代表祭扫时，拜托人帮忙调到西城墓区。捧着淡黄色菊花时很不庄重地笑了，因为抬眼可以望见那片"模糊"的背影——特意地没有戴笨重的黑框眼镜。

大段大段的画面被林小宽敲进博客里，只不过，女主角的名字是岳美艳，男主角的名字是苏唐生。是不是，很梦幻？可是，高三的初始，就将"情癫小生部落格"弃置了。上自习课时仰头看多媒体放映器，恍惚中脑海里开始有一座城浮上来，那城里，有樱花很美的学府和一些值得期待的人和事，但，没有苏禹。是在昼夜不分波涛不休的题海里渐渐清醒，渐渐现实。

林小宽依旧是，又胖又矮，面色苍白。

毕业的那一天，林小宽抱着一只浅茶色的熊公仔，朝正和女生合影的苏禹坚定地走了过去，嗓子因刚才的无数次深呼吸而微微干涩。"对不起，我……""哇，临别告白啊，"旁边女生拽拽苏禹的衣角："你好逊哦，怎么什么样的女生都能喜欢上你啊？"林小宽睁大眼睛，一下子木住："不，不是，我朋友拜托我交给你，还说，说不必记得。"假装让自己灵活而自然，可是转身，灰蒙蒙的天空里一道漆黑的光线，是燕子低垂着滑向屋顶，昭示着将至的磅礴的泪。

……

我来过，并且爱过了。从此与那个青涩而似乎更卑微的林小宽一刀两断。

吓到你了，对不起，但还想最后一次叫一遍你的名字，苏禹。

然而，真正的"对不起"，宾语不是你。

他是不是我的崇拜

宸

照例是下课的谈天说地，嘻嘻哈哈，前仰后合。

铃声一响，等不及地把桌上的离子方程式丢到一边，反正老师要讲。反正时间还多着呢。这么想着，每一天都这么想的。

非常受用地接过对方抛过来的八卦，谁和谁被抓到在花园拐角接吻，还是以前初中里的那些人，那些小圈子。啊，原来是这样……我笑到眼角都有泪水，真的这么好笑吗，其实我也不知道。

仰起头想要转换话题："唉，我说……"

眼角的余光掠过他，还是万年不变的造型，趴在桌上，微微佝偻脊背，身上的adidad洗得有些发灰。头发乱蓬蓬的，没有啫喱水或者刻意修剪的痕迹。

两年多了吧。他永远都是这个样子。但是没有人可以忽略，他在自己的角落里待着，也没有人可以假装看不到，他在自己的世界里爆发出的，超新星一样的小宇宙。他的光。

我顿一顿，换另一个表情："唉，我说，下节课要检查的题我还没做呢，下次再聊吧。"冷不丁被推一下肩膀："干吗这么扫兴啊？人家难得上楼来找你一次的。"

我微微笑一笑，用力地关上右手边的窗，不留情面地把她和外面的世界关在隔绝声息的另一个空间里。

记得两年以前，快三年了吧，我们正式来到这个学校。

学校里的人，一眼扫过去就可以很明显地分出两个种群：adidas和adidad——本来理论上说乡镇里的教学水平是不可能赶得上县里的中学的，但是教育部门有政策倾斜，分数线下调一些，于是这一届的高一新生里，比例是一半一半。

也就是说，属于城里的adidas，和农村里的adidad，是如此泾渭分明。

而我，作为当时年级里前十的选手，风风光光地进了现在这个班。一进教室看到满眼的陌生面孔，心里的优越感便不自觉地多了几重。

你们，是农村的，我是城里的。抱着这样的优哉游哉，稀里糊涂地混了一个学期，居然掉到年级第五十八名。我被惊得瞠目结舌。

想办法弄来年级的成绩总表，一个一个，咬牙切齿地数过去，竟然发现排在我前面的那些黑马，我认识的，凑不出一打。

还没等我反应过来要骂人就分班了，于是更加不幸的是，他从楼上的文科班，转到了我们班。自然而然的，我的学号，从01变成了02。

他是中考的全县第三，来自一个我从来都没听说过的小村庄。

不知道有没有哲人说过，看不起别人的人，往往最终会被别人狠狠地踩在脚底下。如果没有，那一定是我的经历空前绝后。

在此之前的岁月里，我从来没有感觉到那个人可以这样毫无争议地拥有可以压倒我的实力。会让我感觉到在他面前毫无取胜的可能。

他真的是一个很厉害的人。两年多，从来没有看过他哪次下课和别人一起嬉戏打闹，他永远在自己的座位上安静地做题。他很少问老师题目，反而是大家常常拿着书去请教他。有做不出的题老师永远会点名叫他上去写，刷刷刷刷，黑板上倒映出的，永远是我们抬头仰望的艳羡。

刚升入高三的时候，班主任拿了一张表，叫我们每个人填上自己理想中的大学。我心虚地写了个南审上去，他的名字刚刚好在我的上面，那一栏还空着。表传过去，再传过来，空格一个个被填满，大家的目标都大同小异，也都心照不宣地等待着他的答案。

结果他羞涩地笑了笑，依旧是那样拘谨的、有点土气的笑容，然后认真地写完了他的那一栏——复旦大学。

这个学期他坐在我前面。每一次聊天，听音乐，或者看无关痛痒的小说的时候，都好像是一种煎熬。我得承认，我还不是被打击得无药可救，起码我看着他在用功，我会觉得自己的悠闲消遣是一种罪恶。毕竟我们都是有过梦想的人，不是吗。

我知道我懂得很多他不知道的事。

比如我做过条理极其细致的个人企划书，从大学要选择怎样的专业，拿到哪些专业证书，然后去什么样的公司实习，甚至参加哪些社会活动，毕业以后会去哪里留学，等等，都曾经有过清晰的安排。

比如我无数次地在KTV包间里用力地咆哮。最初的梦想，紧握在手上。

比如我在自己的房间写满无数的标语，拿报纸彩页里的高考状元照片，一度张扬地贴满整面墙壁。但是很快我又会把那些换成我钟爱的TVXQ。

比如我知道我最想要的是限量版的Dior小羊皮靴子。我敢保证这些他从来都没有听说过——除了我下课时曾经和同桌眼冒桃心地讨论过以外。

不过我知道他一定没有听见。我的世界，被这些东西填得那么满，满到我都已经忘记自己最初的梦想，到底是什么。

又是一场考试。很大的联考。前一晚，我坐在自己的书桌前面，还迟迟不愿意摘下挂在左耳的耳机。我猜想他在做什么呢。

我想起高二上学期的一天，我一时来了兴致，跑去找他请教前一节课老师信口提起过的某个句型，他很热心地拿出自己的笔记本帮我翻找着。我诧异地随口问了一句："这是你的英语笔记本吗？"

"对……是这个吧，be to blame是应该受惩罚，主动表被动。"他的脸上是一成不变的认真。

"那这个可以借我看看吗？"

他热心地递给我，不像那些我见多了的优等生，遇到这种情况是会如临大敌地把自己的资料抢走的。我也没有什么剽窃的意思，只是单纯地好奇，没想到翻开扉页，除了写着他自己的名字，就是"英语笔记本3"几个字。

我想起来我有一听没一听的VOA慢速英语，放在MP3里和那些乱七八糟的音乐摆在一起，被冷落了有多久了呢。我想起来每次爬到网上搜歌的时候都是信誓旦旦地跟我妈说要提高英语听力才这么做的，结果恃宠而骄，常常玩到忘记了时间。我的英语还是没有什么起色，而他的一百三十多分，我一直都很不理解是怎么考出来的。他是农村来的。理所当然的英语应该不好。

而我理所当然地要优越一些。尽管这样的优越一点也没有用。最后只是让我一次又一次在分数面前自取其辱。

我得承认，我很崇拜他。我仰望他的优秀，以及他做到了我所不能做到的、用一个人的力量证明白手起家不是小说里的故事。他的光，总是在提醒着我，一笔一笔描黑我的罪恶感。

我并不是毫不在意。我也可以做得很好，只是我没有去做。

就像每一次我放不下鼠标和耳机，跟自己说让我再看一幅图再听一首歌吧，反正时间还早。我还来得及努力呢。说服自己的理由，到最后还是要被击倒，溃不成军。

我终于明白，根本不是还有没有时间的问题。只是我从来都想不到，他的优秀，是累计了每一次小小的选择之后的结果，当他每一次都能选择辛苦，很多个微不足道的小事垛叠起来，就成了质的飞跃。而我不断地迟疑不断地放松，最终变成一条老化的橡皮筋，失去挽回所有的力量。

我们的这一生，仅仅这三年可以坐在同一个教室里，而只是这三年，可能注定了未来三十年里，我们南辕北辙的航向。

而我会在哪里……

甜甜的，不寂寞

陌 习

甜甜的，是每一次想起你们时，心中不由自主荡漾开来的感觉。每当我矫情地仿效非主流向天际45°方向仰望的时候，你们四个总是会说，筱，世界上最没有资格说寂寞的人就是你了。

是的，因为有你们，我的每一天都是甜甜的。

教会了我快乐的宸，习惯了看你的笑容。那时候，你说整天闷闷，不喜欢笑的筱呆呆得像个白痴，于是我学着微笑，从你那偷偷学习着，因为你的笑容真的很好看，犹如五月的阳光，柔和，明媚，带着不灼烧人的暖意。现在，我把笑容时刻挂在嘴角上，你又说，傻笑起来的筱真的比白痴还白痴。我没反驳，谁让我的师傅就是白痴呢？亲爱的教会了我快乐的师傅，亲爱的宸，你的笑容好甜，有你的日子好甜。

随时随地都能通电话的赫，习惯了有你的陪伴。即使是奋笔疾书到深夜后，再打电话过去骚扰你，你也一定在等待音响三声之前回应我。"什么事啊？""没事啊。""哦，刚刚从书山中解放出来吧？""嗯。""筱，乖，快睡，明天奖励卡布基诺的小熊饼干。"可恶的赫，总是用小熊饼干俘虏我的赫，你知不知道小熊饼干很甜，而你略带困意但又好脾气的声音更甜，甜到让我的心升温，融化。

每天在我眼前晃来晃去的煜，习惯了有你的存在。你固执地让我每分每秒看到你的身影，坚持、认真地将这项工作视为人生使命一样地进行着。你说，白目筱，我担心你忘了我。我笑答，笨蛋煜，我会永远记得你。我用我认为最坦诚的目光对视了你五秒后，你叹气道，算了，我都对你没信心，然后，接着执着地在我面前徘徊。好吧，就让我的视线被你填满。反正只要看到你，心里都会暖，空气都会甜。

不许我被别人欺负的佑，习惯了有你的保护。即使我并没有真正意义上地被欺负过，但每一次眉头的微锁都会引起你的高度注意。你说，我的筱，是我的宝。我说，我的佑，是我的贝。那天，我们很有默契地同一时刻修改了各自的QQ昵称："宝""贝"。面对大家的猜疑，你只是淡淡回复了句：我的筱，是我的宝。你不喜欢忧伤的我，更厌恶所有让我皱眉的人，我笑着骂你，恨乌及乌的家伙。你说，拜您所赐。喜欢站在左手边为我遮风挡雨的佑，有你在身边即使酸涩也是甜的。

既然约定好了永远都要在一起，我们就永远不会分离，虽然，我们并不能准确测量出永远的长度，但我知道，永远就是比明天多一天。

我最最亲爱的宸、赫、煜、佑，甜甜的你们四个，甜甜的我们之间，甜甜地陪伴筱，不会寂寞。

我们就到这吧

林　敏

一

我要怎么说你才能知道。

是我，是我，你不曾发觉。离你不远的我，是你眼里的小角落。

可我要怎么对你说。

你喜欢穿白色T恤，你喜欢听克雷格的歌，你喜欢穿白色平底鞋，你喜欢喝百事可乐。这些我都知道，也许，你会觉得莫名其妙。在你离开了以后，我多了留意，留意你的一切，即使只是这些而已。

我会在走廊上看你的侧脸，你转过头看我的时候，我可以假装得很不经意和你四目相对，然后迅即逃离。我会在操场上看你打篮球，看你上篮的时候，我有那么点小激动，却只能揪紧了衣角继续跟身边的人说说笑笑。我会留意你停车的位置，下次会特意放在你的对面，放学取车回家的时候，就可以跟你说，真巧，那明天见喽！你会不会觉得这样很无聊，可我们好久都没说话了，我想念以前我们无话不说的时候。

幸好这些你都不知道，幸好，我还可以这样把你放在心里最隐秘而甜蜜的地方，一直到现在。

二

老师安排座位，你坐在我的后面，你用笔捅了下我的背说帮忙捡下笔盖，我们这算是认识了。我从未料及你会在我此后的时光里停留了那么久，存放了那么多关于你的记忆。至少在当时，我们只是前后座，没有过多的交集。

你的话很多，上课老在下面做小动作，跟同桌有一搭没一搭地瞎扯。我会嫌你烦，然后传了张纸条上面写着"安静"，你看了就没说话了。下课的时候，你在后面唱歌，是《安静》，然后拍了下我的肩膀说："是你点的歌，听不听啊。"

那时候，我的成绩比你好太多。在你被班主任训了一顿之后，你很殷勤地说："前面的，以后帮帮忙，我得应付下老师那张嘴。"后来，每节下课后你都会问我问题，哪听不懂，哪不会做，勤快得让我有些吃惊。

有天放学了，你还是拿着一大堆不懂的题目问我，一直快到六点。秋天，好像天暗得比以往早，学校已经没什么人了。我们去取车一起走，一路上你调侃着你和你朋友一些好玩的事，我一直在点头，一直在笑，一直在急速心跳。你被风吹起的刘海，狭长的眼睛，夹带着温暖，到了我的世界。

你会在自习课的时候听MP3，你会塞给我一只耳机跟我介绍克雷格，你会伴着音乐小声哼着，手指在课桌上轻轻敲着，陶醉了我。

你会找我拿刚发下来的试卷比较成绩，你会因为一点点的分差跟我说都是自己太大意，要不然怎么会输给我这种笨笨的人，然后一直哀号。

你会用复读机重复念叨着我的名字，乐此不疲……

开始习惯有你的日子，开始在日记本里反复写到你和我的故事，开始把你的种种都刻画在脑海里。那时候的你，哪是几个排比句就可以概括的。

渐渐渐渐，你越来越重要。

三

看了太多小说、偶像剧，然后把我们对号入座。我暗自编排着我们的故事，在我的独角戏里。

我知道，这怎么可以。

他们说我们走得太近。后来老师便把你调到隔了我这有好几个座位的地方去坐，你说了声拜拜就不在了，不再坐在我后面，不再在我后面唱歌、开小差、传纸条、看漫画、听MP3。我也开始不习惯。

之后，我们不再像以前那样了。你不会问我问题，也不会把耳机塞到我的耳朵里，你在离我几个座位的地方继续你的日子，好像没了我这个前桌，也没改变什么，你照样可以和另一个人聊得那么开，说得那么欢。我有点难过。

我知道，我想太多了。

我们只是同学，打了招呼擦身而过。你的表情我开始不认得，是不是陌生了，连个笑容都不想施舍。是我想太多了，你一定是碍于他们的飞语，你还是把我当成很好的朋友。是我想太多了，是我把你在我心里的位置放错了，你不该以那种形式存在于我的世界，那样也许我会不顾及那么多，只和你做同学做朋友，做好朋友。都怪我想得太多。

四

后来的我们，就此没了交集。而我们的故事却还在我的信念里延续。我像个偏执狂，明明所有的一切都在现实中截止，却偏偏要让自己不好过，把记忆一遍一遍翻出来倒带放映，续写剧情。

你过得很好，毕业后我们还是在同一所学校，我看见你结伴走过，一直在嬉笑。你会不会忘记了我，这个你的前桌，把你放在心里最柔软的地方好久。其实，只要你过得好，我也很高兴，也很幸福。

我想我要谢谢你，谢谢你给过我很美好的记忆，即使结局不是很戏剧化。

我们就到这吧。

153

邂逅千纸鹤的祝福

鱼 九

一

夏天了，又下雨呢。

六月了，又高考呢。

记得去年的高考，下了三天的大雨。雨水淅淅沥沥地打在考场的玻璃上，不知带给考生的是可以放松心情的旋律，还是打乱思路的噪音。但按老班的说法，本可以考130分的考卷都被雨水冲走了20分。

于是卡子抱怨，为什么老天总在关键时不给人鼓励呢？

二

第二天，阳光金灿灿地流了一地，空气呼吸起来都显得灼热，我涂了厚厚的防晒霜，走在上学的路上，遇到了卡子，她说："光阴流水啊，悄无声息又到了高考，真替学姐学哥捏了好大一把汗。"

我说，"相信他们努力了，就会得到最闪亮的星星。"

体育课又被老班占去考昨天高三刚考的省质检的综合卷。一道道题做下来还挺顺手的。璇子说，"这质检还行吧，但愿高考的卷子难度不要太大。"小城说，"上面的走后，这学校就是我们的天下了。"不知是谁在后面补了一句十分凄凉的话："是我们的末日啊。"

嘿，也许吧，毕竟这是一场谁都无法避免的可能受伤的战争。

三

有些神话总有许多人坚持地相信，不然也不会有人在无助时求神拜佛的。

星期一的升旗仪式，卡子破先荒地讲了与学习毫无联系的千纸鹤的故事，她说如果折了一千只千纸鹤，在上面写上虔诚的祝福，祝福的内容就会实现。卡子并发出"征文启事"，希望全校师生都能给高三毕业生一只载着祝福飞翔的千纸鹤。

这件被校长称为"荒谬和无理取闹"的事差点使卡子失去广播室室长的职位，但后来的结果证明卡子的做法是正确的，这也让许多老师哑口无言了。

我们把第一天收到的千纸鹤串成一条长长的祝福，各种颜色，各式涂鸦，卡子每天都会抽出一两条祝福到广播室宣读，有一学姐从六层跑下来说，真是谢谢了，每天都会感动得像个小孩。

卡子说是你们让我们感动得不行，每天看到你们的桌上只有备战高考的练习，每天看到你们的背影因为高压而显得孤寂和疲惫，我们都会心疼得流泪。

四

有人问卡子，"又不是你参加高考，怎么搞得皇帝不急太监急的一副模样。"

卡子笑笑，"还不是给咱们的学弟学妹示范示范，到时咱也能享受这待遇。"

其实，在邂逅一双期待的目光时，有谁不渴望一只载着祝福飞翔的千纸鹤呢？

幸福在叫你回头

燕 哪

一

38.8℃。

我躺在被窝里，贼辛苦地撑着沉重的眼皮，模模糊糊地看见有些昏暗的日光灯下，老大盯住体温计的刻度，眉头皱成了一团，一言不发。

我吓得大气不敢出，扯紧了被子。等待着老大的雷霆之怒。

老大把体温计插进我的笔筒里，弯下腰帮我掖了掖被子。

"好好睡。我帮你请假。"

"嗯。"

"我帮你带午饭。"

"嗯。"

"我倒了一杯开水在你杯子里，想喝自己喝。"

"嗯。"

"好好睡吧。"

在我感动得快要泪奔的时候，老大说了最后一句，然后直起身，准备帮我放下床帘。这时，林雨晴的小脑袋探了进来，装模作样地摸了我的额头一下，然后装出老气横秋的样子，说，嗯，是挺烫！要好好休息。拜拜喽。

然后顺手摁灭了我桌子上的台灯。床帘放下。我听见她们走开的脚步声，摁灭日光灯的声音，带上宿舍门的撞击声，渐行渐远的说话声。感觉自己掉进了一个闭塞的黑暗的狭小空间，周围蔓涌而来如潮水汹涌的恐惧和孤独。

我艰难地翻个身，将被子拉过头顶。感觉像是一颗心被丢入尘埃中，扬起了漫天的尘埃。叹口气，揉揉发酸的鼻子，顶着昏昏沉沉的脑袋，我也开始昏昏沉沉地闭上了沉重的眼皮。眼角有些许湿润。

我看见陈梓予慢慢转过身，眉目已被雨水打得模糊。我急急地递上伞去。他揩了一把脸上的雨水，把刘海往后拨了拨。忽然紧紧地搭住我的肩，眼睛里似乎要喷涌出一团火焰，把我吞噬了去。

"告诉我为什么？"

他大声地吼着，并大力地摇晃我的肩膀，我似乎要背过气去。我用力地握住伞柄，努力地想把伞罩在他身上。他激动了好一阵子，才终于稳定住了情绪。他缓缓地放开我的肩膀，我把伞递了过去。雨滴打在肩膀上，很彻骨的冰凉一下子把他手掌遗留的温度收了去，我不禁打了个寒战。

我该怎么做才好？

他沮丧的样子，不免让我的心狠狠地疼了一把。我慌忙地把伞塞到他手中，转身跑进了漫天的雨幕中。

轰！一声天雷炸响！天空一脸狰狞，满世界瓢泼的泪。

懦弱的莫瞳，去死！

好似过了很久很久，我终于醒了！

长长地舒了一口气，感觉太阳穴痛得要死，整个脑袋似乎有千斤重。伸手在被窝里摸了许久，才摸到了手机。

摁亮屏幕：9点46分，一个未读信息。

打开：怎么没来上课？病了？

发件人：许林晴。

把手机放下，忽然感觉眼眶发烫，眨眨眼，几滴热泪流下，灼痛了脸庞。鼻腔里似有一团热气从喉咙升腾而起，喉咙似被摄干了水分似的干得要死。我晃悠悠地爬起来，被子顺势滑落一小截，顿时感觉肩膀、脖子冷得爬上了好几层的鸡皮疙瘩。艰难地爬到桌子边，终于握住了保温杯。打开，凑上嘴去。滚烫的开水烫到舌尖后，似有千万只蚂蚁在噬咬着细胞表层，然后细胞内液涓涓地流出来……

盖好保温杯，拉过被子躺下，发觉脸上不知何时淌了一脸滚烫的泪。

二

中午。勉强吃过两口饭，喝下老大冲的三九，再一次拉过被子躺下。

林雨晴偷偷地摸到我的被窝里，让我往里挤了挤，床边摆的书硌得我生疼。林雨晴又把我往里挤了挤，然后艰难地躺下。我从侧面看着她的睫毛眨巴眨巴的，感觉会有一只蝴蝶从她的眸子里飞出来。

"莫瞳，你快点好起来。我有悄悄话想对你说。"

我的喉咙似在瞬间吞入了一颗玻璃球，哽在喉咙间，进退不得。我顿时无语。

"林雨晴！回你窝去！别闹腾小瞳！"老大坐在对面床铺上叠着几件衣服，气定神闲地低吼一声。

林雨晴嘟囔了一句，钻出了我的被窝。顿时感觉身边空荡荡的冷。雨晴三下两下爬上了我的上铺，然后轰的一声，感觉床架震了一下。

我扯好了被子，瞄向桌子上的台历。18号，我病的第二天。

陆菲抱着一摞书，探头探脑地转进了门。把书放在老大旁边后，坐到我床边，摸了一下我的额头。然后扯出了一副暧昧的表情。

"莫瞳，今天我同桌问起你了哦！他还发了短信给你，收到了没？"

"哎呀呀，莫瞳，有情况哦！"

林雨晴从上铺探下头来，乌亮的头发顷刻泻下，好似流苏。

"告诉他，我已驾鹤西归。"

陆菲像没听见我的话一样，变戏法似的不知从哪摸出了一包话梅。

"他给你的，说是开胃生津呢。"

"不用了。"

"不识好人心。"

陆菲念叨了一句，把话梅放到桌子上，便走开了。

"老大，外面下雨吗？"

"没有。"

老大回答完我，便抱着衣服爬回了自己的铺位。

我放下床帘，摁灭台灯。又是一片黑暗了。

陈梓予，你有没有被淋病呢？生病的感觉真的很难过呢！我现在真的很难过呢！

莫童，儿童的童？

不，瞳孔的瞳。

哦！

男生低着头填写着表格，阳光滋溜溜地在他的刘海发梢上转。侧脸逆着光看，仿佛散发着一种神圣的光芒。

好了！欢迎加入文学社！拜拜！

男生微微地笑了，嘴角一片很温暖的阳光，隐约看见下巴的绒毛。然后，转身，慢慢往走廊尽头走去，其间不小心撞到一个冒失的女生，扯起嘴角，绅士地笑，侧身让开。最后，身影消失在走廊尽头。

陈梓予，你的眼睛，你的刘海，真的很好看呢！还有你打羽毛球的样子，抬起手臂擦汗的样子，扬起头唱百岁山山歌的样子，牵着那女生微笑的样子，给那女生喂雪糕的样子，看着那女生负气离开时，站在雨中守望的样子……所有所有你的样子，真的很好看呢！

陈梓予，我一直在你背后，可你从来都不回头。

三

食堂。

"莫瞳，你病快好了吧！"林雨晴扒拉着食盘中的白菜，对我说。

"也许！"我漫不经心地舀起一口米饭，艰难地咽下。

"你的喉咙还没消炎，别说那么多话。"老大从自己的餐盘里夹了块红烧肉，放在我的盘里，"多吃点。"

"嗯。"

"老大就是老大，真贴心！"陆菲低头喝着汤，含糊不清地说。

"老陆？"身后一个声音忽然响起，陆菲吓得差点没被呛死。我回头，是许林晴。

陆菲大大咧咧地搁下汤碗，回头骂道："许林晴，你是鬼啊你？你全家都是鬼！"

"呵呵。"许林晴边笑边放下手中的餐盘，坐到了对面林雨晴的旁边。

"许帅，是不是来看莫瞳了呢？几天不见，得相思病了吧！"林雨晴边没心没肺地调侃着许林清，边向我使眼色。

"别乱讲。"我低头来了口肉丸子塞进口中。

"嗯，莫瞳好点了吧？"

"呐，我就说吧，莫瞳，别老低着个头啊！"说完，林雨晴狠敲了我的头一下。我疼得一下子便抬起了头。越过林雨晴的肩膀，我意外地看见两个桌子外形只影单的陈梓予。他一看见我，便缩回了目光，低头扒拉着饭菜，身影落寞。

陈梓予，你不会是在看我吧？

"莫瞳，这次校刊上又有'牧童若水'的文章呢？"

"哦，我看过了，真不错呢！"

"你说'牧童若水'这个名字是什么意思呢？"

"嗯……也许'牧童'取淳朴之意，而'若水'就是'上善若水'的意思吧！"

"也许吧，谁知道呢！听说哦，这个'牧童若水'就是文学社的陈梓予呢！"

"……"

四

晚自习。

我低头猛抄着这些天落下的笔记，林雨晴在旁边忙着拆满桌子的生日礼物，真是受欢迎的漂亮姑娘呢！

林雨晴正在看那个最大礼物袋子中的卡片时，教室突然陷入了一片黑暗中。

"停电了？……"教室里一片慌乱。

一片银白的月光从我旁边的窗子泻了进来，笔记上的字迹，看起来一片冰凉。停电了。又是黑暗。心里那种孤独感又漫涌而来。

"莫瞳！"我听见林雨晴轻声唤我，便转过头去。月光洒了一层在她脸上，眼里隐约湿润的水汽如晨露。林雨晴就是这么耀目的绝不会隐于黑暗中的女生，以至于我在她的身旁卑微得成了影子。

"我想原谅他了，我想与他重归于好！"

……

"我去找他了。"

"哦！"

这时，班主任走了进来，幽幽的声音响起，便轻易地把教室里一切嘈杂声响压了下去。

"线路出故障，没法自习了，大家回去吧！注意安全！"

似乎是一瞬间的事情，教室里的人已所剩无几。林雨晴也走了。月光打在她的座位上，一片骇人的白，我心里一片莫名的酸弥漫开来。

将背靠在墙上，深呼口气，感到心像缺了口般难过。只剩下自己一个人了。总是被遗忘，被丢在阴暗的角落里，即使孤单却又总是孤单着的莫瞳，再也不要这样了，总是躲在角落里守望、等待，却终究无人知晓。

眼角湿了一大片。

陈梓予，从你的文字再到你，我一直是那个你身后悲哀的追随者，却从未闯入你的记忆。我累了，我想转身了……

擦干眼泪，收拾好书本，摸黑走下楼。夜晚的风有些冷，我不禁缩了缩脖子。远远看见林雨晴向我跑来，兴奋的样子让我想起了开学时，她在走廊上向我跑来的情景，她那时有着和如今一样激动的神色，当时她说：

"莫瞳，看到我刚才撞到的那个男生了吗？超帅呢！我可要出手了哦！"

我穿过她的肩，看着脸上挂着宠溺的笑的陈梓予渐渐走近，心里一片祥和。

"哦？是吗？恭喜！"

恭喜！陈梓予，从今以后，莫瞳就摆脱你了。

手机铃声响起，接通。

"莫瞳，你知道'牧童若水'这个笔名的含义吗？牧童，'牧'，其实是耳目之'目'，是因为有一个女生的瞳孔若水般纯净。莫瞳，你回头，好吗？"

回头，看见许林晴手里的手机远远地举着在对我摇，手机屏幕的亮光好似将尽的灯光。

"莫瞳，生日快乐！"

彼时，漫天烟花，幸福弥漫。我在笑。

遇见你，我曾遇见过你

魂 爵

那些在短暂的行程或旅途中遇见的人啊，你是否知道曾有人那样珍视与你的遇见……

你只是我人生中短期的旅途者。而我，或许只是你生命里一个罅隙的过往。

——题记

一

第一次遇见你，开始有了心跳。像极了李东海的面容让我倒吸一口凉气。开始祈祷你是我们学校的学生。开始第一次有了祈求的眼神，然而，神对我的眼神丝毫没有理会。在车门倏开的一刹那，看见了你纤细的手指；看见了你单肩背着的红与黑相间的书包。那一次，我记住了你的面容，同样，也记住了红与黑。后来，就开始了期中考，而伴随着期中考的空气似乎甜到发腻。每一天清晨，当阳光第一次斜射进拥挤的车厢时，我都可以看到你的面容，严肃得如同遮盖太阳的乌云一样。车厢里因为你，变得不再讨厌，开始有了红与黑的色彩。

二

很长的一段时间里，我只知道你是E中的。因为你前我一站下车。而其他的，我全然不知。我只知道每一天，都会透过无数个黑点看见你。这似乎已成习惯。后来，从朋友那里听说了你的名字Y。然后，开始零星地从朋友那里获取丁点儿你的资料。开始知道原来你也喜欢梁静茹，喜欢她温暖的嗓音孵化冰冻的心脏。似乎，每一天都可以遇见，习惯了望向那个位置；习惯了寻找红与黑；习惯了不由自主地偷瞄上两眼，然后开始很满足地笑。而你，似乎注意到了我的习惯，开始对上我的双眸。第一次，望向你的眼，清澈的瞳仁里干净得似乎要反射出光来；第一次那样仔细地端详你的五官。只是，从未有言语。

三

把遇见的你告诉A，她嘻哈地笑着说我肯定是喜欢上了你。我很一本正经地解释，你只是给我的感觉很干净，很清澈，就像莲，不沾带半点世俗的浑浊与丑恶，只有孩子般的天真。是的，我对你就是这样的感觉。E中的风气并不是很好，而你，却让我感觉与众不同。我获知，你正初三，成绩不赖，有着理想。

164

四

知道了你的生日，原来是七月末八月初的时候，是个回顾过去和结束一切的日子。有一大段的时光，早晨的阳光里没有了你熟悉的身影。于是，开始失落，开始空虚。每天祈祷着你的出现；每天，经过E中，总是故意地临窗，扩大瞳孔，希望看见你熟悉的背影。但，依旧没有出现红与黑。有一天的晨曦特别灿烂，踏上车门，想起还没祈祷。你精致的脸庞让我的瞳仁深深定住。然后舒了一口气，呵！终于看见你了。

五

终于，六月还是来了。终于再也看不见你了。今天早上，车厢很空，车里的人上了又下，下了又上。最后，只留下一个空洞的车厢和空出来的座位。习惯性地往那里望一眼。本来就不会出现的。"嗯，一个人，也要快乐地到达目的地，然后，努力！"心里想着，硬是没让自己掉下眼泪。

是的，再也没有人会在晨曦中偷瞄到你。T中，希望你考得上。因为，那，也是我的梦想。

原谅我只是个怯弱的孩子

落未央

终于有一天，爸爸在回家的路上把车停在路边没有回头地对我说："都说上帝在关上一道门后一定会为你再打开一扇窗，你是直到现在都没有找到那扇窗，还是不愿去找？"我趴在后车座上歇斯底里地哭了有近一个小时。

下午三点。终于回到家里。现在的心情静静的，心里的潮水终于退了下去，只是还有微微的伤。回到家里骗妈妈说我头疼感冒了，没什么大事，她才放了心。

其实不是那样。完全不是。真正的原因是考砸了，而且糟糕透顶。烦人的化学刚刚考完，回到教室没多久，不偏不巧碰到科代表在发试卷，刚走到座位旁，"59"两个数字猝不及防地映入眼帘。我以为那不可能是我的。可是上面熟悉得不能再熟悉的字迹告诉我事实，那的确是我的试卷。可是，怎么会这样的。政治一直是我拿手的科目。上次我明明考了73分的。怎么会这样的。谁来告诉我，这是怎么一回事。

于是整个上午都恍恍惚惚的，不知道老师在讲什么，脑子里昏昏沉沉的。终于熬到下课，我把头埋进臂弯里，眼泪肆意横流，覆水难收。为什么那么努力，得到的结果却相反呢。为什么上帝这么不公平，不是说有付出就会有收获吗……真讨厌这么没用的自己。为什么到现在还是一样，一遇事就只知道哭，难过得不能自已。原来我一直都只是那个怯弱的孩子。我一直以为自己成长了很多，原来我一直在这个流年里转来转去，还是转不出命运的掌心。说什么坚强什么不在乎都是骗人的！骗人的骗人的！亲爱的上帝，你跟我开了一个大玩笑。

整个上午都不知道是怎么过去的。心里有潮水微微地起伏，安静地翻腾，好像轻轻一碰就会碎。回到宿舍，一言不发地躺下，眼泪又一发而不可收。瑞云说不要难过，这只是一次偶然的失误。可是我还是很难过。我也知道这只是偶然，可是我还是不能原谅自己。泪水不停地流，好像我这辈子的眼泪都要流干一样。哭到筋疲力尽，哭到眼泪快干了。瑞云她们劝我别哭，我的声音很小却很清晰，我说，我要回家，我要回家，回家疗伤。然后我给妈妈打电话。我竭力平静下来，深呼吸，但我还是在听到她声音的时候就哭了。妈妈慌了，不停地问我怎么了，是不是生病了，我却只是哭，除了哭之外发不出别的声音。对不起亲爱的妈妈，我不是故意让你担心的，我也不想这样的。抱歉，我撒谎了，我说我头好疼待不下去了，我要回家。妈妈吓坏了，她说，好，好，我给你们班主任打电话。

瑞云说要回家必须跟班主任拿放行条。她说我帮你拿吧。我看了看镜子里的自己，眼睛肿得像核桃，这副样子我也不敢去见班主任，我怕他问我怎么了。于是我说好。

走进教室的时候我不敢抬头，匆匆走到座位上。不知道是谁问我一句"小未你要回家啊"，周围十几个人都齐刷刷地看过来。我说"嗯"，顿时周围沸腾了。坐在我前面的蔡展荣把椅子弄出夸张的声音，张晓玲问我，"今天是世界末日吗？"我笑笑，他们都没有想到吧，成绩第一名，学习努力的小未怎么可能回家休息，放弃学习的时间。他们哪里知道，我是要回家疗伤的。我想起了一件事。我对玲说，如果小J来了就告诉她，我头疼回家睡觉去了。小J是我的同桌，我不希望她担心。我说这话的时候不敢看玲的眼睛，我怕她发现。可是她却尖锐地指出，我看你不是生病回家，你是心里有病要回家治吧。我苦笑，不愧是玲，还真了解我。我的心事果然瞒不过她，不一会儿她传给我这样一张纸条：要记住，女生的眼泪比珍珠还要珍贵的。我无奈地笑笑，那只是你，张晓玲。我做不到。因为我只是我。一直都没有你那么勇敢。

原谅我，我始终只是我，只是一个怯弱的孩子。

这个冬天如此温暖

吴淑敏

一

向阳看到那个女孩拐进一条小巷后就停住脚步了。

"怎么回事啊你李向阳,这么明目张胆地跟着人家。"他这么想着不由自主地握紧了拳头,咬了咬嘴唇,忽而又松了手,无奈地笑了笑,返身原路走回车站,像往常一样等着24路公交车的到来。

二

又是最爱的体育课。向阳抱着篮球和一伙男生边走边说笑,却意外地在楼梯口与女孩擦身而过。短发,斜刘海,粉红色围巾,白色球鞋,还是一副温暖可爱的样子。

就这么愣住了。同走的男生都下楼了,他还站在原地抬头看着女孩上楼。

"向阳,看哪个女生呢?"

"口水啊,注意你的口水啊。"

一大群男生就这么在底下打趣他。

他不好意思地挠了挠头,跑下去了。

三

篮球场上，向阳如有神助，抢球、绕场、投三分球，漂亮得连自己都忍不住给自己打满分。

场外的女生不断地尖叫着，男生们鼓掌叫好，队友们纷纷跑过来赞"打得好"，连一向不易赞人的体育老师都忍不住看着他点头微笑。

只有向阳才知道他今天为什么能打得这么漂亮，在撞上女孩温暖的笑颜时，他就好像被注入无限战斗力一样，脚下仿佛生出了翅膀。

随着女播音员甜润的"感谢原点和风域两支篮球队给我们带来的精彩篮球赛，本次校内高中部篮球比赛到此结束"声音响起，人群渐散，只剩下一群小女生仍舍不得离开。

向阳站在篮球架下寻找刚才那张温暖明媚的笑靥，到处都有微笑着的女生，可就是看不到那张在脑海里放映了千百次的熟悉的笑脸，原本还幻想着她会在散去的人群中站在原地看着他，然后走到他面前红着脸说："你打球好帅啊！"

他忽然地红了脸，是少女漫画看太多了吧，把外套甩到肩上，无奈地笑了笑。

四

"不知道为什么，就是喜欢得不得了，好想让你进入我世界……"MP3里那个男歌手略带沙哑的声音就这么揪起了向阳的忧伤。短发，斜刘海，粉红色围巾，白色球鞋，笑起来温暖而可爱，真的好想好想让你知道我喜欢你，喜欢得不得了。

"24路车到了。"旁边的同学捅了捅他，"走"。

他拔下耳塞，挤上了车。

"人这么多。"一起上来的同学抱怨道。

他敷衍地笑了笑，一转身，却挤掉了旁边人的东西，"啪"，是一个粉红色的礼品袋，里边的粉色礼品盒掉了出来，他弯下腰，费力地捡起来。"对不——起！"

仿佛卡带一般，那个"起"字隔了几秒才艰难地吐出来。

"没关系。"女孩显然是被挤得难受，涨红着脸，额上竟有细密的汗珠。她费力地伸出手从向阳手里接过东西。

短发，斜刘海，粉红色围巾。

他看着她难受的样子，伸出手接过她手里的东西，"帮你吧。"心里却是难过的，她不记得他。

五

圣诞节，校园里弥漫着温暖的气息，到处是红色的圣诞帽。

向阳看着周围狂欢的同学，也忍不住要微笑，缩着脖子和一大群男生站在走廊里调侃，终于还是抵不过寒冷跑回教室。

"向阳，有礼物哦！"同桌不怀好意地冲他笑，"说不定是哪个漂亮女生的哦。"

似曾相识的粉色礼品袋，向阳有些紧张了，粉色的礼品盒，打开，是一条灰色的围巾，附带一张蓝色的卡片：你打球好帅啊，Merry Christmas！

一瞬间，这个冬天就这么温暖起来了。

茶语系列

刘慧妮

一

再一次为物理、数学奋战到十点以后，发现自己这段时间真的是乖得可以，拼命地学习，一闭眼就是爱因斯坦那老头子傻笑的脸庞。怎么可以不努力，因为，身边的人统统在努力。

那种压迫感压在心里找不到出口，一日一日地堆积成比金字塔还厚的山。爸妈平白无故地信任我，我比谁都明白，信任里掩埋的是满满的不信任。

班里迅速地分成两拨——一拨天天带着手机MP3在教室里谈天说地气势喧嚣，连老班的课也无多大收敛，理直气壮地冲爸妈吼着要这要那，站在物资堆成的小丘上用怜悯的目光看着另一拨，再用自欺欺人的目光眺望着自己渺茫且颓废的将来。

而另一拨，意气风发地背着双肩书包，在任何时间和地点都千锤百炼着自己的记忆，考虑着上一趟厕所可以背上几个单词，如何争分夺秒在回家路上一边背新学的古文且不被车撞。身上交替着亘古不变的黑白素色校服，透过厚重的镜片打量着黑板上密密匝匝的xyz，奋笔疾书后满意地放下笔瞟瞟老师赞许的神色，脸上的表情仿佛是看见自己辉煌璀璨的大路。

其实，还有第三拨，那是些心意未决的人们，在第一和第二拨之间摇摆不定，像墙头草一样特没出息地看着自己千回百转的以后。

我就是这一拨墙头草里的一棵。

我想做第一拨里的人，可是我得做第二拨里的人。

于是我立正敬礼，无奈而迷茫地说："我要做第二拨里的人。"

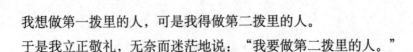

二

我决定做第二拨里的人，可是这依旧无法改变我是第三拨人的本性。我努力好好学习，口是心非地跟着他们吼："day day up……"

夏小非似笑非笑地瞟了一眼过来："你累不累啊？"

夏小非是第二拨和第一拨的混合体——成绩不赖，却不是那些人里的同类。

我叹口气："累啊……"一转头看见他得逞的笑容，立马改口："不累！"他浅浅地笑，抬头看数学老头子写很高深莫测的东西。我挺直腰板，看那些模糊的字，心里打算去配厚一点的镜片。

我看了足足十分钟，看不出个所以然来，第十一分钟的时候我看见夏小非开始动笔，第十三分钟的时候他扔下那支纯黑色的晨光笔叹口气："不懂啊……"我抢了他的本子看了一眼，偷工减料地省步骤，可答案和老头子的答案——只少了一个平方而已。他在后面喊起来："我还有个平方没添呢，丫头！"

我很受打击地把本子扔回给他，继续盯着那道题看了很久。

眼睛一点点地酸涩起来，一眨眼，一滴泪落在空白的习题簿上，真好，它现在就不是空的了。我忍不住难过起来，夏小非的声音弱了一点："喂，你哭了？"

他手足无措地抽出茶语系列的纸巾，乱七八糟地安慰我。我抬头，看见他干净平凡的脸："夏小非你真好。"他得意起来："那是肯定的！"我说："那你请我吃关东煮吧？"他没冷静下来，一时冲动地吼了一句："那是肯定的！"他吼完那一句看见我没有泪痕的脸，反应过来："我请你……客？"

我站起来，理直气壮地吼一句："那是肯定的！"

三

　　地球人都知道，请我，就意味着请三个不按常理出牌的丫头。夏小非就是这群地球人里最清楚这一点的代表人。

　　胖头鱼激动人心地握着夏小非的书包带子："夏小非啊，你真是好南银（好男人）的代表模范以及至高无上的神！你是太阳的象征绿叶的灵魂，蜡烛只是你的传说，春蚕只是你的宠物……"夏小非毛骨悚然地拽过书包带子，结结巴巴地说："胖头鱼，我，我不得不承认，你说得很动听……"胖头鱼继续高昂地发表着她的演讲："我不是奉承，我只是吐出我的心声，我不是动听我是朴实……"

　　瑾一把推开胖头鱼亲热地攀上夏小非的肩膀："小非你甭听她的，那种不切实际的话只会降低咱的素质，咱来点实在的，你准备请我多少啊？"夏小非把手推下去："瑾姐，我人比你想象得要实在，可我的钱没你想象的那么实在……"

　　我怜悯地把瑾和胖头鱼扯回来，小声地对夏小非说："甭理她们，她们只是开个玩笑而已……"

　　瑾和胖头鱼在我身后吼起来："谁开玩笑了！"

　　夏小非无比愤恨地瞟了我一眼，不甘不愿地在关东煮这儿停了下来。

　　接下来的场景让人不堪回首。夏小非跨在单车上不忍地转过头去，胖头鱼很积极地挑多的，瑾很不客气地挑贵的，我于心不忍，退出沙场，把虾丸塞在夏小非手里："吃啊。"他摇头："吃不下。"我不管不顾地塞过去："吃啊……"

　　他低头看我，略略犹豫，我很认真地开玩笑："你不吃我哭了啊。"他赶紧把一颗丸子填进嘴里。

　　我的心在柔和的路灯下，软软地动了一下，像是小孩闻到糕点的气息。

173

我忍不住说了一句："夏小非你人真好。"他笑起来，露出白色的牙："那是肯定的！"

四

日子一天天地碾着痕迹马不停蹄地向前奔去，绝尘而去，让人无可奈何，指针分分秒秒都在转动，我们所有自以为是的骄傲在时间面前溃不成军。

换了更厚的镜片，看老头子写那些看起来不是太吃力的题，终于习题簿不再空白如初，好歹可以离标准答案有不太远的距离。老头子开始注意到我的存在，不再用悲天悯人的眼光看我。

可是就算这样，我也只是勉勉强强在年级三十名开外四处飘荡，离爸妈的奢望，还是有距离的。

有时候学到濒临崩溃会有想哭的感觉，有时候咬牙切齿有想把资料一摞摞扔出去的冲动，一转身看见夏小非慌慌张张时刻准备抽出茶语系列的单纯样子，心蓦地会安静很多。

学得再兵荒马乱也有写日记的习惯，不是矫情，而是觉得，这日子总该留点什么痕迹。夏小非不喜欢写日记，可是老班下了命令，再加上我向来对日记有莫名其妙的好感，半信半疑开始在干净的淡黄色纸上写上回忆的字体。夏小非偶然帮我捡日记本时看见我大力抨击应试教育的文字，于是很有兴致地和我互换日记参考。

看在茶语系列的份上，我答应了。

五

夏小非的字体和我的总是有以假乱真的相似性，看见他干干净净的笔迹总是有莫名的安心感。

我抱着他给的安心，在看不见终点的题海里安然作战。开始习惯一转身看见他安安静静地做试题写日记，开始习惯他带的糕点和巧克力，开始习惯他日记里浅显而温暖的关心，开始习惯一上自习课右下角就是纯白色的熊熊的彩页纸条。

他安安静静地以最平和的方式进入我的世界，用时间一点点扩延他存在的痕迹，我毫无知觉地依赖着他的存在，从未想过他在某一天忽然离开后我的世界会倾斜成什么样子什么角度。

单元考、测验考、小考、月考统统完毕，最后一天的晚自习里所有人都心不在焉，我趴在桌子上看小四的《夏至未至》，然后翻翻小博里的萌小说。看见某男生转学，某女生难过的情节，我转头冲夏小非很小声地说："都什么时候了，哪来那么多的转学退校的虚构情节啊！"他惊诧地抬头，皱皱眉，完成一个微笑的弧度。我得到他的赞同之后满意地回头开始写日记。写了一行之后略侧头看见夏小非很认真地写日记的样子，笑了。

我只是不知道，夏小非在日记上的那句话是什么。

"其实丫头你只是不明白，转学退校，并不是什么虚构情节，比如，我很快就是前者了。"

可是我有看见，夏小非的日记上的最后一句话是什么。

"分开之后，会记得我吗？"

我很笃定地用铅笔写了一个字："会。"

我只是不知道，分开的不是一个寒假，而是一座城市与另一个城市的距离。

他还是亘古不变的牙白色微笑："那是肯定的。"我白了他一眼。

"去吃关东煮吧？然后，再去吃蛋糕？"他莫名其妙地说出这句让我甚是怀疑的话。

胖头鱼点头比谁都快："好啊好啊……"瑾稍稍犹疑，确认之后笑起来："小非这人真是太实在了。"我看了一眼他，他埋头推着单车走。

六

我什么也没点，安静地看着胖头鱼她们吃得一塌糊涂的可爱样子，忍不住笑起来。

蛋糕店里，我接过提拉米苏，看着夏小非远去的背影，在第二个路灯下和胖头鱼、瑾小心翼翼地摊开上课时夏小非扔给我的纸条。

意料之中的四个字，单纯明白。

我抱着瑾和胖头鱼，心里满满的安然。干净清冷的空气刺痛我的眼睛，我揉揉眼看着我亲爱的死党，轻声说："亲爱的，开学见喽。"

尾 声

三月份的报到点名，我右下角的位置始终是空的。我看着新转来的女生坐在右下角，刹那间明白了很多。我把手伸进桌子里，是他的日记本。

"真的不想走，因为你万一哭了就没人给你递纸巾了。你说你一个女生干吗总那么怯弱啊？都怪你，弄得我走得一点儿也不轻松。丫头，记得以后再也不要贱卖自己的眼泪了……"

我忍不住把脸转向窗外，手下意识地把日记本放回去，触到一包柔软的纸巾。

淡绿色的，茶语系列。

掌心里的糖

傲 详

顾小西一个人拖着沉重的行李穿梭于被学生和家长挤得水泄不通的宿舍走廊里。

A416。顾小西望了一眼门牌，终于找到了。把行李拖进宿舍后她走到门前去看宿舍安排表。

1号上铺 顾小西（宿舍长）

2号下铺 颜梓俊

看到第二个名字时，门就被推开了。拥进了两位家长和一个与她穿着同样校服的女生。她微笑着和她们打了招呼，也开始整理自己的东西。

晚上开高二新生班会，老师让每位宿舍长清点人数时，顾小西站起来说："报告老师，我们宿舍的颜梓俊没有报到。"

话音刚落，坐在第一组第一排的高大男生"噌"地站起来，说："老师，学校弄错了，把我编到女生那边去了。"

全班爆笑。

顾小西捂着肚子笑到眼泪都流出来。

排座位时，颜梓俊被调到顾小西后面。他抱着书包拿着水杯经过她身旁时跟她打了个招呼："Hi! 睡在我上铺的兄弟！"

顾小西没理他，翻开刚发下来的英语课本，用红笔把第一单元的第一个单词handsome圈了出来——He is a handsome boy，她想。

颜梓俊用手拍她的后背，顾小西转过身看见他伸到眼前的宽大手掌，掌心里放着一颗漂亮的糖果，"请你吃糖。"他很可爱地露出雪白的牙齿。

顾小西很不客气地抓过糖转过身。

"喂！连句谢谢都不说啊！"

顾小西没理他，开始很认真地预习英语单词。

颜梓俊很喜欢吃糖。这是他同桌——漂亮女孩馥媛得出的结论。顾小西想了想，笑了，怪不得他每天都送她一颗糖。

"小西，梓俊怎么跟你这么好啊，你们两个是不是之前认识啊？"馥媛跑过来坐到她身边很认真地问。

顾小西摇了摇头。

馥媛低下头想了一会儿，忽地抬起头，鼓足了勇气似的说："小西，我喜欢他！"

顾小西笑了笑，心里并没有泛起任何情感涟漪，就好像听到的只是一句随口说的"我喜欢这本书"之类的无关痛痒的话一样。

"怎么办？"

"跟他说呗！"

"你帮我好吗？"

顾小西愣了一下，继而笑道："这种事怎么帮呢？你应该自己跟他说。"

"可我……"

"去吧去吧，我在精神上支持你！"

这个时候颜梓俊很合时宜地出现了，额前的刘海被汗水浸湿了，白色校服衫也湿了一大片，他抱着篮球，站在顾小西旁边，递给她一颗糖，"顾小西，你的糖。"

顾小西接过糖，转过脸对馥媛挤眉弄眼，悄声说："好机会哦！"然后找个借口跑开了，她捧着糖很开心地绕过讲台走出教室。

而她不知道的是，颜梓俊一直看着她又跑又跳的背影直到瞳孔里没有了她的影像。"她怎么可以这么可爱！"他说，忘了身边坐着漂亮的同桌。馥媛刚想说出口的话就这样被硬生生塞回去了。"她真的是超可爱啊！"他回过头去对馥媛说，却发现她已经哭了。她看着他不知所措的样子，毫无形象地趴到桌上大哭起来。

颜梓俊觉得莫名其妙，刚才看见她还笑得满脸绯红的。他有点不知所措，从来都不知道漂亮的女孩也会哭得这么没形象。

而满心等着好结果的顾小西一回来就看见馥媛趴在桌上哭，而颜梓俊则一副事不关己的样子站在她旁边。

过分，她想，真的是太过分了，肯定是他太绝情伤到馥媛了，可恶的颜梓俊！

她冲过去，狠狠地撞了他一下，然后拉起馥媛跑出教室，跑到天台的时候，馥媛已经不哭了。她擦着眼泪，看着顾小西一边骂颜梓俊一边气得直跺脚的样子，忍不住笑了。

"你真好。"馥媛轻轻地说。

顾小西看着她微红的眼睛，有点难过。

一群飞鸟划过她们头顶，消失在C栋教学楼后面。顾小西抬起头看天空中大朵大朵的云漫不经心地把蔚蓝的天空切割成不同的几何形状。

今年的最后一天晚上，颜梓俊约顾小西出来。当白衣飘飘的颜梓俊出现在顾小西家门口时，顾小西有那么一瞬间的眩晕。

"你今天好帅啊！"顾小西说。

颜梓俊沉默不语，指了指他的单车，"我载你。"

一路上，颜梓俊出奇地安静，顾小西在后面一个人说个不停，说到最后连顾小西都觉得自己是在没话找话说。

他们拐进幽深的小巷，又出现在大路上，顾小西看着周围形形色色的人从身边经过，她说，"这个女孩好好看啊！"她说，"那个男孩好帅啊！"

颜梓俊却总是微笑着不说话。

他把她带到会展中心的广场上，那里的人正在狂欢着，等待2010年的到来。天空中的烟花一朵接一朵地出现，继而消失。

"顾小西，"她回过头，"你的糖。"颜梓俊伸出手，掌心里放着一颗漂亮的糖果。

顾小西接过糖，笑了。

"这是第99颗糖。"

"嗯？"

"你听过99颗糖的故事吗？如果一个人收到99颗糖，并且坚持每天吃一颗的话，她就会获得永远的快乐。"

顾小西微笑着看着眼前这个男孩认真的样子，心底某个柔软的地方就这样被温暖的感动漫过去了。

"我喜欢你。"他说。

"从送你第一颗糖起，我就喜欢你了。"

来不及告别

曲 池

一

这个冬天比以往都要冷，看着窗外飘曳的落叶突然地就想起了禾生。

禾生走的那天我在学校上课。是临近中考的日子，整天没日没夜地复习。那时学校纪律抓得严，即使装成肚子疼还是没能请假出校送禾生一趟。兴许因为遗憾太深，那夜第一次梦到禾生。

梦里禾生站在漫天白皑皑的雪地里。雪是暖和的，像极了棉花糖，一脚踩下去便陷得老深，禾生回过头来对我说，池子，真好，我又能上学了。然后我会心地回以一个缄默的微笑。而禾生面前却突然出现了一座山，山上厚厚的积雪汹涌着铺卷而来，仅一刹那功夫便把禾生淹没。风雪仍在咆哮，却不见了禾生。画面定格在我僵硬的笑容上。

梦里的雪景真实得让人有点惶恐而我从来都没有看过雪。南方的温暖气候注定我感受不到朋友被雪所埋的痛苦。我一直就情愿相信梦与现实都是反的。我也情愿相信所谓的第六感只是源于人类的多疑。

只是因为，在那以后我再也联系不到禾生，所以我一直活得惴惴不安。

二

其实禾生本名不叫禾生。

初见禾生是在本地的一个美发城。那时的禾生因为职业需要，染了头发，染成内敛的葡萄红。大多人觉得葡萄红和酒红没有什么异样，只是酒红较为张扬。其实它们最大的区别在于，酒红即使处于不太明亮的光线下，颜色也醒目得清晰可见。而葡萄红只有在阳光下才能见其本色。阳光下的葡萄红抢眼而内敛，这样的颜色是适合禾生的。

那时的禾生穿着店里的制服，面容清秀，看起来也就十七八岁的样子，大不了我多少。估计是店里的学徒。就这样的一个少年，贸然地跑来问我借书。

当时我来禾生工作的美发城做头发护理，手里翻看着出门时从家里捎来的小说。禾生刚忙完手上的活便走过来胆怯地问我，你的书可以借给我看看吗。听口音不像是本地人，但这话着实让我惊讶了一小会儿。谁都知道顾客就是上帝，一般员工都会殷勤地把店里的杂志放置在特定的柜子上，以便顾客无聊时消遣，也提高了服务质量。而禾生反倒向我借书。不过惊讶过后还是和善友好地把书递给了禾生。随后问了句，"你叫什么名字呢。"

随意地这么一问，反倒让禾生窘迫得有点不知所措。倒是旁边的人恶作剧地起哄道，"他就叫泥鳅啊，挺好记的。"于是在场的人哄堂大笑。

可是我并不觉得好笑，也笑不出来。如果我笑了，那么禾生一定更难堪了。姓名作为一个人的标志符号，受之父母，即使取名张三狗四，他人也不应随意讥讽嘲笑。叫泥鳅又有何不可。

后来经禾生解释了才知道是弥补的弥，秋天的秋。

三

弥秋说，"我妈生我前会儿还在田里劳作，临产了才借着附近人家的小草棚生下我。因此我还有一个小名，叫禾生。"

我在心里默默想，还是叫你禾生吧。不过无论是弥秋还是禾生，我都未叫出口。

禾生是四川人，时年十七岁。初中刚毕业便辍了学，一路打工到广州。禾生说，等我攒够钱就回去上学。说这话时黯淡的黑眼睛里流光溢彩，一扫先前羞涩腼腆的模样。

当时的禾生让我颇为不解。因为那时我对读书已失去了所有的兴趣，耗尽了所有的热情。我想我们不是恋人，所以无法旧情复燃。学习给我的压力差点就让我喘不过气。我一点也不想英年早逝。

所以当禾生流露出对复学的渴望时我有点不置可否。即使父母一脸恨铁不成钢的样子，我还是执意读完初中就弃学。我相信就算不读完大学我也一样可以找到工作，照样活得很好。

但是禾生说，"池子，你不应该把读书当成一种途径的，它只是一种积累。"

有次禾生在看书，看到不懂的字不懂的词语时，我便一一给他解释说明。然后禾生说，"你看，这就是读书的好处，否则你连一本书也无法看得顺畅。"

我暗暗地想，好一个禾生啊……

四

此后和禾生并无怎么刻意的联系。

我不想上学，却不得不每天规规矩矩地准时到校。禾生想上学所以不得不每天认真地工作挣钱。我们按彼此的轨道匍匐前进着。日子波澜不惊，平淡无味。

偶尔禾生会和同事在我们学校门口发传单。四目相对时便微微一笑，当然，接过传单时他总是不畏众人白眼硬是抛过来一句"好好读书啊。"我能回过去的也只是一句"您老甭操心。"

突然有一天禾生给我发了信息，说周末刚好休假，来这打工这么久了没出去玩过，问本地有什么景点，想好好玩玩。

收到信息时感觉有点怪，却又不知哪不对劲。这是禾生头回给我发信息，我知道他生活节俭，连条信息也要掂量着发。有时店里其他员工为改善伙食会出去外面撮一顿，而禾生总是连外卖也舍不得叫。

周末刚好也是闲来无事，于是约了禾生在广场碰面。

褪下了工作制服的禾生穿素洁的米白色衬衣，皮肤在阳光下被发色衬得通透白皙。纤尘不染的样子煞是好看，想来本地也没有什么特色景点，但特色菜总还是有的，便带了禾生到广场附近的花园冷饮就餐。

已经是夏季了，但本地五月的气候还有点凉。南方的夏总是姗姗来迟。

禾生说四川的冬天会下雪，每天早晨醒来脸总是像个大红苹果。在校上学的时候总是喜欢和同学打雪仗。有时雪球砸到脖子里凉飕飕的感觉让人很精神。说到这的时候，禾生话题一转说，"池子，给点祝福吧，我钱攒够了，这两天就可以回四川老家了。"

"恭喜啊。背井离乡打了一年的工，吃了一年的苦，攒了一年的钱，总算是看到了点希望的苗头。"

虽然一直都知道禾生总有一天会走，但听禾生说出口时，还是心有不舍。见证过太多离别的人不喜欢压抑的气氛，所以我对禾生说，放假了我去四川看你吧，最近功课紧就不给你信息了。

五

184

禾生回四川那天是五月六号，星期二。那夜我梦见禾生，梦见雪崩。

从小到大做的梦从来就没有灵验过。四川却在五月十二日那天发生了地震。楼房倒下的样子正像梦里汹涌的积雪。我开始失去了禾生的一切音讯，发出去的信息久久没有回音。突然地有些心酸，想禾生，和他的上学梦，一瞬间化为乌有。

一定有很多人，像禾生一样，满心期待怀揣着梦想却怎么也实现不了。也许有人辛苦了几十年，刚盖好房子；也许有人刚从银行走出来，也许有人奋斗已久终于升职；也许某位学生绞尽脑汁终于解出了一道难题；也许有些花儿破土萌芽经历风雨刚刚绽放……只是一场地震，把这些都埋没了。

喜悦总是未来得及分享便成了悲剧。天灾人祸，逃不掉躲不过，我同禾生，始终来不及告别。

"5·12"地震已是两年前的事了，看着电视里有关海地地震的报道，忽然很想念这个和地震一同离去的少年。

延伸到地平线的时光

Lying

高考完了的那个晚上，我就像一只泄了气的皮球，窝在角落里，以一种沉寂的姿态，静待天明的来临。客厅里，房间里，书桌上，地板上，堆放着我高中三年来的本本资料书。不明就里的人乍一看，这里宛如刚刚鸣金收兵的战场，一片狼藉。

是的。我刚下火线。明天，一觉醒来，将是什么样的生活，我不知道，也说不好。

曾经多么期盼一天的假期，然而却没有真正让我们拥有过。那时，没有人会在变数重重的高考面前把假期真正当成一回事。哪怕只有半天的空闲，手也会不自觉地摸向口袋里的袖珍资料。当假期也沾染上战斗的色彩，又怎能算是真正让我们随心把握了呢？

但是，现在，我们四周充斥了许多快活的因子。差不多有三个月的时间能让我们自由支配。那，为什么，我的朋友，你还是拧起了眉头？是的，我们一下子不能适应这种时间宽裕的生活，就好像穷人突然捡到了一百万，不知道该怎么花。

上网下载许多电影，好好地让自己躲在别人精致的幻想里度日？终于可以安心蒙头睡觉不用担心耽误早读时间，就天天享受一个可以睡到自然醒的美梦？还是畅畅快快地看书游泳打电游，抑或是范进中举一样对于自己眼前的一片浩瀚时光感到疯狂的喜悦？

我突然想起许巍的《时光·漫步》。

我仿佛在一片寂静的原野上行走。白云、蓝天永恒，简约地存在。碧绿的大地是我的载体。在时间的湖水里，我留下的脚印，幻化成一圈圈浅浅的涟漪。

在梦中，我又回到那个光线强烈的高三教室。我安静地坐在最后一排，前面的倒计时犹如一只站错了位置的秒表，在飞快地转换日子，不再出现"0"字，然后，以一种不回头的姿态，用负值透支。

哦，你看，这就是我的时间，我手中的时间。梦中的我，想极力挽留它的飞逝，但是，又怎可能有走上归途的流水？

记得当初我问云，"若让你回到高一，你会怎样？"他笑，"真的？若是这样那该多好！我又有大把的时间用来玩了。"

同样的问题，宁则回答，"我会努力攥在手心，绝不放过。"

在商场门口碰到作为复读生的同桌，我们东拉西扯地聊了一通，算起来，我们现在说过的话，比高三一年的加起来都要多。

平时在教室里就是面对面碰见了不过点头微笑的淡淡之交，现在我们竟由一根长长的电话线串聊了足足两个小时。

刚在QQ上登录，提示灯便狂响，一看不得了，无数留言和问候一瞬间蜂拥而至。再看看之前的记录，均是一年前的云淡风轻。

我承认，这就是我的悠长假期。时光被延伸到地平线。

某日，与朋友相约去溜旱冰。第一次把自己交给脚下的四只顽皮的轮子，心中像踏了空一样惶恐。偌大的旱冰场，仅有几点人影。这使我想起时光匆匆中，滑轮转动的沙沙声正是我们跋涉的痕迹。或许，我以为的终于得到的悠长假期只是我对时光的幻觉，对时光长度的高估。时间的绵长与短暂，又怎能轻易描画呢？